大活字本

注文の多い料理店

宮澤賢治

シルバー文庫

目次

注文の多い料理店

　二人の若い紳士が、すっかりイギリスの兵隊のかたちをして、ぴかぴかする鉄砲をかついで、白熊のような犬を二疋（ひき）つれて、だいぶ山奥の、木の葉のかさかさしたとこを、こんなことを云いながら、あるいておりました。

「ぜんたい、ここらの山は怪（け）しからんね。鳥も獣も一疋も居やがらん。なんでも構わないから、早くタンタアーンと、やって見たいもんだなあ。」

「鹿の黄いろな横っ腹なんぞに、二三発お見舞もうしたら、ずいぶん痛快だろうねえ。くるくるまわって、それからどたっと倒れるだろうねえ。」

それはだいぶの山奥でした。案内してきた専門の鉄砲打ちも、ちょっとまごついて、どこかへ行ってしまったくらいの山奥でした。

それに、あんまり山が物凄いので、その白熊のような犬が、二疋いっしょにめまいを起こして、しばらく吠（うな）って、それから泡を吐いて死んでしまいました。

「じつにぼくは、二千四百円の損害だ」と一人の紳士が、その犬の眼ぶたを、ちょっとかえしてみて言いました。

「ぼくは二千八百円の損害だ。」と、もひとりが、くやしそうに、あたまをまげて言いました。

はじめの紳士は、すこし顔いろを悪くして、じっと、もひとりの紳士の、顔つきを見ながら云いました。

「ぼくはもう戻ろうとおもう。」

「さあ、ぼくもちょうど寒くはなったし腹は空いてきたし戻ろうとおもう。」

「そいじゃ、これで切りあげよう。なあに戻りに、昨日の宿屋で、山鳥を拾円も買って帰ればいい。」

「兎もでていたねえ。そうすれば結局おんなじこった。では帰ろうじゃないか。」

ところがどうも困ったことは、どっちへ行けば戻れるのか、いっこうに見当がつかなくなっていました。

　風がどうと吹いてきて、草はざわざわ、木の葉はかさかさ、木はごとんごとんと鳴りました。

「どうも腹が空いた。さっきから横っ腹が痛くてたまらないんだ。」

「ぼくもそうだ。もうあんまりあるきたくないな。」

「あるきたくないよ。ああ困ったなあ、何かたべたいなあ。」

「喰べたいもんだなあ。」

二人の紳士は、ざわざわ鳴るすすきの中で、こんなことを云いました。
その時ふとうしろを見ますと、立派な一軒の西洋造りの家がありました。
そして玄関には
RESTAURANT
西洋料理店
WILDCAT HOUSE
山猫軒

という札がでていました。

「君、ちょうどいい。ここはこれでなかなか開けてるんだ。入ろうじゃないか。」

「おや、こんなとこにおかしいね。しかしとにかく何か食事ができるんだろう。」

「もちろんできるさ。看板にそう書いてあるじゃないか。」

「はいろうじゃないか。ぼくはもう何か喰べたくて倒れそうなんだ。」

二人は玄関に立ちました。玄関は白い瀬戸の煉瓦で組んで、実に立派なもんです。

そして硝子の開き戸がたって、そこに金文字でこう書いてありました。

「どなたもどうかお入りください。決してご遠慮はありません。」

二人はそこで、ひどくよろこんで言いました。

「こいつはどうだ、やっぱり世の中はうまくできてるねえ、きょう一日なんぎしたけれど、こんどはこんないいこともある。このうちは料理店だけれどもただでご馳走するんだぜ。」

「どうもそうらしい。決してご遠慮はありませんというのはその意味だ。」

二人は戸を押して、なかへ入りました。そこはすぐ廊下になっていました。その硝子戸の裏側には、金文字でこうなっていました。

「ことに肥ったお方や若いお方は、大歓迎いたします。」

二人は大歓迎というので、もう大よろこびです。

「君、ぼくらは大歓迎にあたっているのだ。」

「ぼくらは両方兼ねてるから。」

ずんずん廊下を進んで行きますと、こんどは水いろのペンキ塗りの扉がありました。

「どうも変な家だ。どうしてこんなにたくさん戸があるのだろう。」

「これはロシア式だ。寒いとこや山の中はみんなこうさ。」

そして二人はその扉をあけようとしますと、上に黄いろな字でこう書いてありました。

「当軒は注文の多い料理店ですからどうかそこはご承知ください。」

「なかなかはやってるんだ。こんな山の中で。」

「それあそうだ。見たまえ、東京の大きな料理屋だって大通りにはすくないだろう。」

二人は云いながら、その扉をあけました。するとその裏側に、

「注文はずいぶん多いでしょうがどうか一々こらえて下さい。」

「これはぜんたいどういうんだ。」ひとりの紳士は顔をしかめました。

「うん、これはきっと注文があまり多くて支度が手間取るけれどもごめん下さいと斯（こ）ういうことだ。」

「そうだろう。早くどこか室（へや）の中にはいりたいもんだな。」

「そしてテーブルに座りたいもんだな。」

ところがどうもうるさいことは、また扉が一つありました。そしてそのわきに鏡がかかって、その下には長い柄のついたブラシが置いてあったのです。

扉には赤い字で、

「お客さまがた、ここで髪をきちんとして、それからはきものの泥を落してください。」

と書いてありました。

「これはどうも尤もだ。僕もさっき玄関で、山のなかだとおもって見くびったんだよ。」

「作法の厳しい家だ。きっとよほど偉い人たちが、たびたび来るんだ。」

そこで二人は、きれいに髪をけずって、靴の泥を落しました。

そしたら、どうです。ブラシを板の上に置くや否や、そいつがぼうっとかすんで無くなって、風がどうっと室の中に入ってきました。

二人はびっくりして、互によりそって、扉をがたんと開けて、次の室へ入って行きました。早く何か暖いものでもたべて、元気をつけて置かないと、もう途方もないことになってしまうと、二人とも思ったのでした。

扉の内側に、また変なことが書いてありました。

「鉄砲と弾丸をここへ置いてください。」

見るとすぐ横に黒い台がありました。

「なるほど、鉄砲を持ってものを食うという法はない。」

「いや、よほど偉いひとが始終来ているんだ。」

二人は鉄砲をはずし、帯皮を解いて、それを台の上に置きました。

また黒い扉がありました。

「どうか帽子と外套と靴をおとり下さい。」

「どうだ、とるか。」

「仕方ない、とろう。たしかによっぽどえらいひとなんだ。奥に来ているのは。」

二人は帽子とオーバーコートを釘にかけ、靴をぬいでぺたぺたあるいて扉の中にはいりました。

扉の裏側には、

「ネクタイピン、カフスボタン、眼鏡、財布、その他金物類、ことに尖ったものは、みんなここに置いてください。」

と書いてありました。扉のすぐ横には黒塗りの立派な金庫も、ちゃんと口を開けて置いてありました。鍵まで添えてあったのです。

「ははあ、何かの料理に電気をつかうと見えるね。金気（かなけ）のものはあぶない。ことに尖ったものはあぶないと斯う云うんだろう。」

「そうだろう。して見ると勘定は帰りにここで払うのだろうか。」

「どうもそうらしい。」

「そうだ。きっと。」

二人はめがねをはずしたり、カフスボタンをとったり、みんな金庫のなかに入れて、ぱちんと錠をかけました。

すこし行きますとまた扉があって、その前に硝子の壺が一つありました。扉には斯う書いてありました。

「壺のなかのクリームを顔や手足にすっかり塗ってください。」

みるとたしかに壺のなかのものは牛乳のクリームでした。

「クリームをぬれというのはどういうんだ。」

「これはね、外がひじょうに寒いだろう。室のなかがあんまり暖いとひびがきれるから、その予防なんだ。どうも奥には、よほどえらいひとがきているる。こんなとこで、案外ぼくらは、貴族とちかづきになるかも知れないよ。」

二人は壺のクリームを、顔に塗って手に塗ってそれから靴下をぬいで足に塗りました。それでもまだ残っていましたから、それは二人ともめいめいこっそり顔へ塗るふりをしながら喰べました。

それから大急ぎで扉をあけますと、その裏側には、

「クリームをよく塗りましたか、耳にもよく塗りましたか。」

と書いてあって、ちいさなクリームの壺がここにも置いてありました。

「そうそう、ぼくは耳には塗らなかった。あぶなく耳にひびを切らすとこだった。ここの主人はじつに用意周到だね。」

「ああ、細かいとこまでよく気がつくよ。ところでぼくは早く何か喰べたいんだが、どうも斯うどこまでも廊下じゃ仕方ないね。」

するとすぐその前に次の戸がありました。

「料理はもうすぐできます。

十五分とお待たせはいたしません。

すぐたべられます。

早くあなたの頭に瓶の中の香水をよく振りかけてください。」

そして戸の前には金ピカの香水の瓶が置いてありました。

二人はその香水を、頭へぱちゃぱちゃ振りかけました。

ところがその香水は、どうも酢のような匂（におい）がするのでした。

「この香水はへんに酢くさい。どうしたんだろう。」

「まちがえたんだ。下女が風邪でも引いてまちがえて入れたんだ。」

二人は扉をあけて中にはいりました。

扉の裏側には、大きな字で斯う書いてありました。

「いろいろ注文が多くてうるさかったでしょう。お気の毒でした。もうこれだけです。どうかからだ中に、壺の中の塩をたくさんよくもみ込んでください。」

なるほど立派な青い瀬戸の塩壺は置いてありましたが、こんどというこんどは二人ともぎょっとしてお互にクリームをたくさん塗った顔を見合せました。

「どうもおかしいぜ。」

「ぼくもおかしいとおもう。」

「沢山の注文というのは、向うがこっちへ注文してるんだよ。」

「だからさ、西洋料理店というのは、ぼくの考えるところでは、西洋料理を、来た人にたべさせるのではなくて、来た人を西洋料理にして、食べてやる家とこういうことなんだ。これは、その、つ、つ、つまり、ぼ、ぼ、ぼくらが……。」

がたがたがたがた、ふるえだしてもうものが言えませんでした。

「その、ぼ、ぼくらが、……うわあ。」

がたがたがたがたふるえだして、もうものが言えませんでした。

「遁（に）げ……。」

がたがたしながら一人の紳士はうしろの戸を押

そうとしましたが、どうです、戸はもう一分(いちぶ)も動きませんでした。

奥の方にはまだ一枚扉があって、大きなかぎ穴が二つつき、銀いろのホークとナイフの形が切りだしてあって、

「いや、わざわざご苦労です。大へん結構にできました。さあさあおなかにおはいりください。」

と書いてありました。おまけにかぎ穴からはき

ょろきょろ二つの青い眼玉がこっちをのぞいていいます。

「うわあ。」がたがたがたがた。

「うわあ。」がたがたがたがた。

ふたりは泣き出しました。

するとこの中では、こそこそこんなことを云っています。

「だめだよ。もう気がついたよ。塩をもみこまないようだよ。」

「あたりまえさ。親分の書きようがまずいんだ。あすこへ、いろいろ注文が多くてうるさかったでしょう、お気の毒でしたなんて、間抜けたことを書いたもんだ。」

「どっちでもいいよ。どうせぼくらには、骨も分けて呉(く)れやしないんだ。」

「それはそうだ。けれどももしここへあいつらがはいって来なかったら、それはぼくらの責任だぜ。」

「呼ぼうか、呼ぼう。おい、お客さん方、早くいらっしゃい。いらっしゃい。いらっしゃい。お皿も洗ってありますし、菜っ葉ももうよく塩でもんで置きました。あとはあなたがたと、菜っ葉をうまくとりあわせて、まっ白なお皿にのせるだけです。はやくいらっしゃい。」

「へい、いらっしゃい、いらっしゃい。それともサラドはお嫌いですか。そんならこれから火を起してフライにしてあげましょうか。とにかくはやくいらっしゃい。」

二人はあんまり心を痛めたために、顔がまるでくしゃくしゃの紙屑のようになり、お互にその顔を見合せ、ぶるぶるふるえ、声もなく泣きました。

中ではふっふっとわらってまた叫んでいます。

「いらっしゃい、いらっしゃい。そんなに泣いては折角のクリームが流れるじゃありませんか。へい、ただいま。じきもってまいります。さあ、早くいらっしゃい。」

「早くいらっしゃい。親方がもうナフキンをかけて、ナイフをもって、舌なめずりして、お客さま方を待っていられます。」

二人は泣いて泣いて泣いて泣いて泣きました。

そのときうしろからいきなり、

「わん、わん、ぐゎあ。」という声がして、あの白熊のような犬が二疋、扉をつきやぶって室の中に飛び込んできました。鍵穴の眼玉はたちまちなくなり、犬どもはううとうなってしばらく室の中をくるくる廻っていましたが、また一声

「わん。」と高く吠えて、いきなり次の扉に飛びつきました。戸はがたりとひらき、犬どもは吸い込まれるように飛んで行きました。

その扉の向うのまっくらやみのなかで、

「にゃあお、くゎあ、ごろごろ。」という声がして、それからがさがさ鳴りました。

室はけむりのように消え、二人は寒さにぶるぶるふるえて、草の中に立っていました。

見ると、上着や靴や財布やネクタイピンは、あっちの枝にぶらさがったり、こっちの根もとにちらばったりしています。風がどうと吹いてきて、草はざわざわ、木の葉はかさかさ、木はごとんごとんと鳴りました。

　犬がふうとうなって戻ってきました。

　そしてうしろからは、

「旦那あ、旦那あ、」と叫ぶものがあります。

　二人は俄かに元気がついて
「おおい、おおい、ここだぞ、早く来い。」と叫びました。

蓑帽子をかぶった専門の猟師が、草をざわざわ分けてやってきました。

そこで二人はやっと安心しました。

そして猟師のもってきた団子をたべ、途中で十円だけ山鳥を買って東京に帰りました。

しかし、さっき一ぺん紙くずのようになった二人の顔だけは、東京に帰っても、お湯にはいっても、もうもとのとおりになおりませんでした。

よだかの星

よだかは、実にみにくい鳥です。

顔は、ところどころ、味噌をつけたようにまだらで、くちばしは、ひらたくて、耳までさけています。

足は、まるでよぼよぼで、一間（いっけん）とも歩けません。

ほかの鳥は、もう、よだかの顔を見ただけでも、いやになってしまうという工合いでした。

たとえば、ひばりも、あまり美しい鳥ではありませんが、よだかよりは、ずっと上だと思っていましたので、夕方など、よだかにあうと、さもさもいやそうに、しんねりと目をつぶりながら、首をそっ方(ぽ)へ向けるのでした。もっとちいさなおしゃべりの鳥などは、いつでもよだかのまっこうから悪口をしました。

「ヘン。又出て来たね。まあ、あのざまをごらん。ほんとうに、鳥の仲間のつらよごしだよ。」

「ね、まあ、あのくちのおおきいことさ。きっと、かえるの親類か何かなんだよ。」

こんな調子です。おお、よだかでないただのたかならば、こんな生はんかのちいさい鳥は、もう名前を聞いただけでも、ぶるぶるふるえて、顔色を変えて、からだをちぢめて、木の葉のかげにでもかくれたでしょう。ところが夜だかは、ほんとうは鷹の兄弟でも親類でもありませんでした。かえって、よだかは、あの美しいかわせみや、鳥の中の宝石のような蜂すずめの兄さんでした。蜂すずめは花の蜜をたべ、かわせみはお魚を食べ、夜だかは羽虫をとってたべるのでした。それによだかには、するどい爪もするどいくちばしもありませんでしたから、どんなに弱い鳥でも、よだかをこわがる筈はなかったのです。

それなら、たかという名のついたことは不思議なようですが、これは、一つはよだかのはねが無暗に強くて、風を切って翔けるときなどは、まるで鷹のように見えたことと、もう一つはなきごえがするどくて、やはりどこか鷹に似ていた為です。もちろん、鷹は、これをひじょうに気にかけて、いやがっていました。それですから、よだかの顔さえ見ると、肩をいからせて、早く名前をあらためろ、名前をあらためろと、いうのでした。

ある夕方、とうとう、鷹がよだかのうちへやって参りました。

「おい。居るかい。まだお前は名前をかえないのか。ずいぶんお前も恥知らずだな。お前とおれでは、よっぽど人格がちがうんだよ。たとえばおれは、青いそらをどこまででも飛んで行く。おまえは、曇ってうすぐらい日か、夜でなくちゃ、出て来ない。それから、おれのくちばしやつめを見ろ。そして、よくお前のとくらべて見るがいい。」

「鷹さん。それはあんまり無理です。私の名前は私が勝手につけたのではありません。神さまから下さったのです。」

「いいや。おれの名なら、神さまから貰ったのだと云ってもよかろうが、お前のは、云わば、おれと夜と、両方から借りてあるんだ。さあ返せ。」

「鷹さん。それは無理です。」

「無理じゃない。おれがいい名を教えてやろう。市蔵というんだ。市蔵とな。いい名だろう。そこで、名前を変えるには、改名の披露というものをしないといけない。いいか。それはな、首へ市蔵と書いたふだをぶらさげて、私は以来市蔵と申しますと、口上を云って、みんなの所をおじぎしてまわるのだ。」

「そんなことはとても出来ません。」

「いいや。出来る。そうしろ。もしあさっての朝までに、お前がそうしなかったら、もうすぐ、つかみ殺すぞ。つかみ殺してしまうから、そう思え。おれはあさっての朝早く、鳥のうちを一軒ずつまわって、お前が来たかどうかを聞いてあるく。一軒でも来なかったという家があったら、もう貴様もその時がおしまいだぞ。」

「だってそれはあんまり無理じゃありませんか。そんなことをする位なら、私はもう死んだ方がましです。今すぐ殺して下さい。」

「まあ、よく、あとで考えてごらん。市蔵なんてそんなにわるい名じゃないよ。」鷹は大きなはねを一杯にひろげて、自分の巣の方へ飛んで帰って行きました。

よだかは、じっと目をつぶって考えました。

（一たい僕は、なぜこうみんなにいやがられるのだろう。僕の顔は、味噌をつけたようで、口は裂けてるからなあ。それだって、僕は今まで、なんにも悪いことをしたことがない。赤ん坊のめじろが巣から落ちていたときは、助けて巣へ連れて行ってやった。そしたらめじろは、赤ん坊をまるでぬす人からでもとりかえすように僕からひきはなしたんだなあ。それからひどく僕を笑ったっけ。それにああ、今度は市蔵だなんて、首へふだをかけるなんて、つらいはなしだなあ。)

あたりは、もううすくらくなっていました。夜だかは巣から飛び出しました。雲が意地悪く光って、低くたれています。夜だかはまるで雲とすれすれになって、音なく空を飛びまわりました。

それからにわかによだかは口を大きくひらいて、はねをまっすぐに張って、まるで矢のようにそらをよこぎりました。小さな羽虫が幾匹も幾匹もその咽喉にはいりました。

からだがつちにつくかつかないうちに、よだかはひらりとまたそらへはねあがりました。もう雲は鼠色になり、向うの山には山焼けの火がまっ赤です。

夜だかが思い切って飛ぶときは、そらがまるで二つに切れたように思われます。一疋（ぴき）の甲虫が、夜だかの咽喉にはいって、ひどくもがきました。よだかはすぐそれを呑みこみましたが、その時何だかせなかがぞっとしたように思いました。

雲はもうまっくろく、東の方だけ山やけの火が赤くうつって、恐ろしいようです。よだかはむねがつかえたように思いながら、又そらへのぼりました。

また一疋の甲虫が、夜だかののどに、はいりました。そしてまるでよだかの咽喉をひっかいてばたばたしました。よだかはそれを無理にのみこんでしまいましたが、その時、急に胸がどきっとして、夜だかは大声をあげて泣き出しました。泣きながらぐるぐるぐるぐる空をめぐったのです。

（ああ、かぶとむしや、たくさんの羽虫が、毎晩僕に殺される。そしてそのただ一つの僕がこんどは鷹に殺される。それがこんなにつらいのだ。ああ、つらい、つらい。僕はもう虫をたべないで餓えて死のう。いやその前にもう鷹が僕を殺すだろう。いや、その前に、僕は遠くの遠くの空の向うに行ってしまおう。）

山焼けの火は、だんだん水のように流れてひろがり、雲も赤く燃えているようです。

よだかはまっすぐに、弟の川せみの所へ飛んで行きました。きれいな川せみも、丁度起きて遠くの山火事を見ていた所でした。そしてよだかの降りて来たのを見て云いました。

「兄さん。今晩は。何か急のご用ですか。」

「いいや、僕は今度遠い所へ行くからね、その前一寸お前に遭いに来たよ。」

「兄さん。行っちゃいけませんよ。蜂雀もあんな遠くにいるんですし、僕ひとりぼっちになってしまうじゃありませんか。」

「それはね。どうも仕方ないのだ。もう今日は何も云わないで呉れ。そしてお前もね、どうしてもとらなければならない時のほかはいたずらにお魚を取ったりしないようにして呉れ。ね、さよなら。」

「兄さん。どうしたんです。まあもう一寸お待ちなさい。」

「いや、いつまで居てもおんなじだ。はちすずめへ、あとでよろしく云ってやって呉れ。さよなら。もうあわないよ。さよなら。」

よだかは泣きながら自分のお家へ帰って参りました。みじかい夏の夜はもうあけかかっていました。

羊歯の葉は、よあけの霧を吸って、青くつめたくゆれました。よだかは高くきしきしきしと鳴きました。そして巣の中をきちんとかたづけ、きれいにからだ中のはねや毛をそろえて、また巣から飛び出しました。

霧がはれて、お日さまが丁度東からのぼりました。夜だかはぐらぐらするほどまぶしいのをこらえて、矢のように、そっちへ飛んで行きました。

「お日さん、お日さん。どうぞ私をあなたの所へ連れてって下さい。灼けて死んでもかまいません。私のようなみにくいからだでも灼けるときには小さなひかりを出すでしょう。どうか私を連れてって下さい。」

行っても行っても、お日さまは近くなりませんでした。かえってだんだん小さく遠くなりながらお日さまが云いました。

「お前はよだかだな。なるほど、ずいぶんつらかろう。今度そらを飛んで、星にそうたのんでごらん。お前はひるの鳥ではないのだからな。」

夜だかはおじぎを一つしたと思いましたが、急にぐらぐらしてとうとう野原の草の上に落ちてしまいました。そしてまるで夢を見ているようでした。からだがずうっと赤や黄の星のあいだをのぼって行ったり、どこまでも風に飛ばされたり、又鷹が来てからだをつかんだりしたようでした。つめたいものがにわかに顔に落ちました。よだかは眼をひらきました。一本の若いすすきの葉から露がしたたったのでした。もうすっかり夜になって、空は青ぐろく、一面の星がまたたいていました。よだかはそらへ飛びあがりました。今夜も山やけの火はまっかです。よだかはその火のかすかな照りと、つめたいほしあかりの中をとびめぐりました。それからもう一ぺん飛びめぐりました。そして思い切って西のそらのあの美しいオリオンの星の方に、まっすぐに飛びながら叫びました。

「お星さん。西の青じろいお星さん。どうか私をあなたのところへ連れてって下さい。灼けて死んでもかまいません。」

オリオンは勇ましい歌をつづけながらよだかなどはてんで相手にしませんでした。よだかは泣きそうになって、よろよろと落ちて、それからやっとふみとまって、もう一ぺんとびめぐりました。それから、南の大犬座の方へまっすぐに飛びながら叫びました。

「お星さん。南の青いお星さん。どうか私をあなたの所へつれてって下さい。やけて死んでもかまいません。」

大犬は青や紫や黄やうつくしくせわしくまたたきながら云いました。

「馬鹿を云うな。おまえなんか一体どんなものだい。たかが鳥じゃないか。おまえのはねでここまで来るには、億年兆年億兆年だ。」そしてまた別の方を向きました。

よだかはがっかりして、よろよろ落ちて、それから又二へん飛びめぐりました。それから又思い切って北の大熊星の方へまっすぐに飛びながら叫びました。

「北の青いお星さま、あなたの所へどうか私を連れてって下さい。」

大熊星はしずかに云いました。

「余計なことを考えるものではない。少し頭をひやして来なさい。そう云うときは、氷山の浮いている海の中へ飛び込むか、近くに海がなかったら、氷をうかべたコップの水の中へ飛び込むのが一等だ。」

よだかはがっかりして、よろよろ落ちて、それから又、四へんそらをめぐりました。そしてもう一度、東から今のぼった天の川の向う岸の鷲の星に叫びました。

「東の白いお星さま、どうか私をあなたの所へ連れてって下さい。やけて死んでもかまいません。」

鷲は大風（おおふう）に云いました。

「いいや、とてもとても、話にも何にもならん。星になるには、それ相応の身分でなくちゃいかん。又よほど金もいるのだ。」

よだかはもうすっかり力を落してしまって、はねを閉じて、地に落ちて行きました。そしてもう一尺で地面にその弱い足がつくというとき、よだかは俄かにのろしのようにそらへとびあがりました。そらのなかほどへ来て、よだかはまるで鷲が熊を襲うときするように、ぶるっとからだをゆすって毛をさかだてました。

それからキシキシキシキシキシッと高く高く叫びました。その声はまるで鷹でした。野原や林にねむっていたほかのとりは、みんな目をさまして、ぶるぶるふるえながら、いぶかしそうにほしぞらを見あげました。

夜だかは、どこまでも、どこまでも、まっすぐに空へのぼって行きました。もう山焼けの火はたばこの吸殻のくらいにしか見えません。よだかはのぼってのぼって行きました。

寒さにいきはむねに白く凍りました。空気がうすくなった為に、はねをそれはそれはせわしくうごかさなければなりませんでした。

それだのに、ほしの大きさは、さっきと少しも変りません。つくいきはふいごのようです。寒さや霜がまるで剣のようによだかを刺しました。よだかははねがすっかりしびれてしまいました。そしてなみだぐんだ目をあげてもう一ぺんそらを見ました。そうです。これがよだかの最後でした。もうよだかは落ちているのか、のぼっているのか、さかさになっているのか、上を向いているのかも、わかりませんでした。ただこころもちはやすらかに、その血のついた大きなくちばしは、横にまがっては居ましたが、たしかに少しわらって居りました。

それからしばらくたってよだかははっきりまなこをひらきました。そして自分のからだがいま燐の火のような青い美しい光になって、しずかに燃えているのを見ました。

すぐとなりは、カシオピア座でした。天の川の青じろいひかりが、すぐうしろになっていました。

そしてよだかの星は燃えつづけました。いつまでもいつまでも燃えつづけました。
今でもまだ燃えています。

どんぐりと山猫

おかしなはがきが、ある土曜日の夕がた、一郎のうちにきました。

かねた一郎さま　九月十九日
あなたは、ごきげんよろしいほで、けっこです。
あした、めんどなさいばんしますから、おいでんなさい。とびどぐもたないでくなさい。
山ねこ　拝

こんなのです。字はまるでへたで、墨もがさがさして指につくくらいでした。けれども一郎はうれしくてうれしくてたまりませんでした。はがきをそっと学校のかばんにしまって、うちじゅうとんだりはねたりしました。

ね床にもぐってからも、山猫のにゃあとした顔や、そのめんどうだという裁判のけしきなどを考えて、おそくまでねむりませんでした。

けれども、一郎が眼をさましたときは、もうすっかり明るくなっていました。おもてにでてみると、まわりの山は、みんなたったいまできたばかりのようにうるうるもりあがって、まっ青なそらのしたにならんでいました。一郎はいそいでごはんをたべて、ひとり谷川に沿ったこみちを、かみの方へのぼって行きました。

すきとおった風がざあっと吹くと、栗の木ははらばらと実をおとしました。一郎は栗の木をみあ

げて、

「栗の木、栗の木、やまねこがここを通らなかったかい。」とききました。栗の木はちょっとしずかになって、

「やまねこなら、けさはやく、馬車でひがしの方へ飛んで行きましたよ。」と答えました。

「東ならぼくのいく方だねえ、おかしいな、とにかくもっといってみよう。栗の木ありがとう。」

栗の木はだまってまた実をばらばらとおとしま

した。

一郎がすこし行きますと、そこはもう笛ふきの滝でした。笛ふきの滝というのは、まっ白な岩の崖のなかほどに、小さな穴があいていて、そこから水が笛のように鳴って飛び出し、すぐ滝になって、ごうごう谷におちているのをいうのでした。

一郎は滝に向いて叫びました。

「おいおい、笛ふき、やまねこがここを通らなかったかい。」

滝がぴーぴー答えました。

「やまねこは、さっき、馬車で西の方へ飛んで行きましたよ。」

「おかしいな、西ならぼくのうちの方だ。けれども、まあも少し行ってみよう。ふえふき、ありがとう。」

滝はまたもとのように笛を吹きつづけました。

一郎がまたすこし行きますと、一本のぶなの木のしたに、たくさんの白いきのこが、どってこど

ってこどってこと、変な楽隊をやっていました。

一郎はからだをかがめて、

「おい、きのこ、やまねこが、ここを通らなかったかい。」

ときききました。するときのこは
「やまねこなら、けさはやく、馬車で南の方へ飛んで行きましたよ。」とこたえました。一郎は首をひねりました。

「みなみならあっちの山のなかだ。おかしいな。まあもすこし行ってみよう。きのこ、ありがとう。」

きのこはみんないそがしそうに、どってこどってこと、あのへんな楽隊をつづけました。

一郎はまたすこし行きました。すると一本のくるみの木の梢を、栗鼠（りす）がぴょんととんでいました。一郎はすぐ手まねぎしてそれをとめて、

「おい、りす、やまねこがここを通らなかったかい。」とたずねました。するとりすは、木の上から、額に手をかざして、一郎を見ながらこたえました。

「やまねこなら、けさまだくらいうちに馬車でみなみの方へ飛んで行きましたよ。」

「みなみへ行ったなんて、二とこでそんなことを言うのはおかしいなあ。けれどもまあもすこし行ってみよう。りす、ありがとう。」りすはもう居ませんでした。ただくるみのいちばん上の枝がゆれ、となりのぶなの葉がちらっとひかっただけでした。

一郎がすこし行きましたら、谷川にそったみちは、もう細くなって消えてしまいました。そして谷川の南の、まっ黒な榧（かや）の木の森の方へ、あたらしいちいさなみちがついていました。一郎はそのみちをのぼって行きました。榧の枝はまっくろに重なりあって、青ぞらは一きれも見えず、みちは大へん急な坂になりました。一郎が顔をまっかにして、汗をぽとぽとおとしながら、その坂をのぼりますと、にわかにぱっと明るくなって、眼がちくっとしました。そこはうつくしい黄金いろの草地で、草は風にざわざわ鳴り、まわりは立派なオリーブいろのかやの木のもりでかこまれてありました。

その草地のまん中に、せいの低いおかしな形の男が、膝を曲げて手に革鞭（かわむち）をもって、だまってこっちをみていたのです。

一郎はだんだんそばへ行って、びっくりして立ちどまってしまいました。その男は、片眼で、見えない方の眼は、白くびくびくうごき、上着のような半纏のようなへんなものを着て、だいいち足が、ひどくまがって山羊のよう、ことにそのあしさきときたら、ごはんをもるへらのかたちだったのです。一郎は気味が悪かったのですが、なるべく落ちついてたずねました。

「あなたは山猫をしりませんか。」

するとその男は、横眼で一郎の顔を見て、口をまげてにやっとわらって言いました。

「山ねこさまはいますぐに、ここに戻ってお出やるよ。おまえは一郎さんだな。」

一郎はぎょっとして、一あしうしろにさがって、

「え、ぼく一郎です。けれども、どうしてそれを知ってますか。」と言いました。するとその奇体な男はいよいよにやにやしてしまいました。

「そんだら、はがき見だべ。」

「見ました。それで来たんです。」

「あのぶんしょうは、ずいぶん下手だべ。」と男は下をむいてかなしそうに言いました。一郎はきのどくになって、

「さあ、なかなか、ぶんしょうがうまいようでしたよ。」

と言いますと、男はよろこんで、息をはあはあして、耳のあたりまでまっ赤になり、きもののえりをひろげて、風をからだに入れながら、

「あの字もなかなかうまいか。」とききました。一郎は、おもわず笑いだしながら、へんじしました。

「うまいですね。五年生だってあのくらいには書けないでしょう。」

すると男は、急にまたいやな顔をしました。

「五年生っていうのは、尋常五年生だべ。」その声が、あんまり力なくあわれに聞えましたので、一郎はあわてて言いました。

「いいえ、大学校の五年生ですよ。」

すると、男はまたよろこんで、まるで、顔じゅう口のようにして、にたにたにたにた笑って叫びました。

「あのはがきはわしが書いたのだよ。」

一郎はおかしいのをこらえて、

「ぜんたいあなたはなにですか。」とたずねますと、男は急にまじめになって、

「わしは山ねこさまの馬車別当だよ。」と言いました。

そのとき、風がどうと吹いてきて、草はいちめん波だち、別当は、急にていねいなおじぎをしました。

一郎はおかしいとおもって、ふりかえって見ま

すと、そこに山猫が、黄いろな陣羽織のようなものを着て、緑いろの眼をまん円にして立っていました。やっぱり山猫の耳は、立って尖っているなと、一郎がおもいましたら、山ねこはぴょこっとおじぎをしました。一郎もていねいに挨拶しました。

「いや、こんにちは、きのうははがきをありがとう。」

山猫はひげをぴんとひっぱって、腹をつき出して言いました。

「こんにちは、よくいらっしゃいました。じつはおとといから、めんどうなあらそいがおこって、ちょっと裁判にこまりましたので、あなたのお考えを、うかがいたいとおもいましたのです。まあ、ゆっくり、おやすみください。じき、どんぐりどもがまいりましょう。どうもまい年、この裁判でくるしみます。」山ねこは、ふところから、巻煙草の箱を出して、じぶんが一本くわえ、

「いかがですか。」と一郎に出しました。一郎はびっくりして、

「いいえ。」と言いましたら、山ねこはおおようにわらって、

「ふふん、まだお若いから、」と言いながら、マッチをしゅっと擦って、わざと顔をしかめて、青いけむりをふうと吐きました。山ねこの馬車別当は、気を付けの姿勢で、しゃんと立っていましたが、いかにも、たばこのほしいのをむりにこらえてい

るらしく、なみだをぼろぼろこぼしました。

そのとき、一郎は、足もとでパチパチ塩のはぜるような、音をききました。びっくりして屈んで見ますと、草のなかに、あっちにもこっちにも、黄金いろの円いものが、ぴかぴかひかっているのでした。よくみると、みんなそれは赤いずぼんをはいたどんぐりで、もうその数ときたら、三百でも利かないようでした。わあわあわあわあ、みんななにか云っているのです。

「あ、来たな。蟻のようにやってくる。おい、さあ、早くベルを鳴らせ。今日はそこが日当りがいいから、そこのとこの草を刈れ。」やまねこは巻たばこを投げすてて、大いそぎで馬車別当にいいつけました。馬車別当もたいへんあわてて、腰から大きな鎌をとりだして、ざっくざっくと、やまねこの前のとこの草を刈りました。そこへ四方の草のなかから、どんぐりどもが、ぎらぎらひかって、飛び出して、わあわあわあわあ言いました。

馬車別当が、こんどは鈴をがらんがらんがらんがらんと振りました。音はかやの森に、がらんがらんがらんがらんとひびき、黄金のどんぐりどもは、すこししずかになりました。見ると山ねこは、もういつか、黒い長い繻子（しゅす）の服を着て、勿体らしく、どんぐりどもの前にすわっていました。まるで奈良のだいぶつさまにさんけいするみんなの絵のようだと一郎はおもいました。別当がこんどは、革鞭を二三べん、ひゅうぱちっ、ひゅう、ぱちっと鳴らしました。

空が青くすみわたり、どんぐりはぴかぴかしてじつにきれいでした。

「裁判ももう今日で三日目だぞ、いい加減になかなおりをしたらどうだ。」山ねこが、すこし心配そうに、それでもむりに威張って言いますと、どんぐりどもは口々に叫びました。

「いえいえ、だめです、なんといったって頭のとがってるのがいちばんえらいんです。そしてわたしがいちばんとがっています。」

「いいえ、ちがいます。まるいのがえらいのです。いちばんまるいのはわたしです。」

「大きなことだよ。大きなのがいちばんえらいんだよ。わたしがいちばん大きいからわたしがえらいんだよ。」

「そうでないよ。わたしのほうがよほど大きいと、きのうも判事さんがおっしゃったじゃないか。」

「だめだい、そんなこと。せいの高いのだよ。せいの高いことなんだよ。」

「押しっこのえらいひとだよ。押しっこをしてきめるんだよ。」もうみんな、がやがやがやがやがや言って、なにがなんだか、まるで蜂の巣をつっついたようで、わけがわからなくなりました。そこでやまねこが叫びました。

「やかましい。ここをなんところえる。しずまれ、しずまれ。」

別当がむちをひゅうぱちっとならしましたので

どんぐりどもは、やっとしずまりました。やまねこは、ぴんとひげをひねって言いました。

「裁判ももうきょうで三日目だぞ。いい加減に仲なおりしたらどうだ。」

すると、もうどんぐりどもが、くちぐちに云いました。

「いえいえ、だめです。なんといったって、頭のとがっているのがいちばんえらいのです。」

「いいえ、ちがいます。まるいのがえらいのです。」

「そうでないよ。大きなことだよ。」ががやがやがやがや、もうなにがなんだかわからなくなりました。

山猫が叫びました。

「だまれ、やかましい。ここをなんと心得る。しずまれしずまれ。」

別当が、むちをひゅうぱちっと鳴らしました。

山猫がひげをぴんとひねって言いました。

「裁判ももうきょうで三日目だぞ。いい加減になかなおりをしたらどうだ。」

「いえ、いえ、だめです。あたまのとがったものが……。」がやがやがやがや。

山ねこが叫びました。

「やかましい。ここをなんとこころえる。しずまれ、しずまれ。」

別当が、むちをひゅうぱちっと鳴らし、どんぐりはみんなしずまりました。山猫が一郎にそっと申しました。

「このとおりです。どうしたらいいでしょう。」

一郎はわらってこたえました。

「そんなら、こう言いわたしたらいいでしょう。このなかでいちばんばかで、めちゃくちゃで、まるでなっていないようなのが、いちばんえらいとね。ぼくお説教できいたんです。」

山猫はなるほどというふうにうなずいて、それからいかにも気取って、繻子のきものの胸（えり）を開いて、黄いろの陣羽織をちょっと出してどんぐりどもに申しわたしました。

「よろしい。しずかにしろ。申しわたしだ。このなかで、いちばんえらくなくて、ばかで、めちゃくちゃで、てんでなっていなくて、あたまのつぶれたようなやつが、いちばんえらいのだ。」

どんぐりは、しいんとしてしまいました。それはそれはしいんとして、堅まってしまいました。

そこで山猫は、黒い繻子の服をぬいで、額の汗をぬぐいながら、一郎の手をとりました。別当も大よろこびで、五六ぺん、鞭をひゅうぱちっ、ひゅ

うぱちっ、ひゅうひゅうぱちっと鳴らしました。

やまねこが言いました。

「どうもありがとうございました。これほどのひどい裁判を、まるで一分半でかたづけてくださいました。どうかこれからわたしの裁判所の、名誉判事になってください。これからも、葉書が行ったら、どうか来てくださいませんか。そのたびにお礼はいたします。」

「承知しました。お礼なんかいりませんよ。」

「いいえ、お礼はどうかとってください。わたしのじんかくにかかわりますから。そしてこれからは、葉書にかねた一郎どのと書いて、こちらを裁判所としますが、ようございますか。」

一郎が「ええ、かまいません。」と申しますと、やまねこはまだなにか言いたそうに、しばらくひげをひねって、眼をぱちぱちさせていましたが、とうとう決心したらしく言い出しました。

「それから、はがきの文句ですが、これからは、用事これありに付き、明日出頭すべしと書いてどうでしょう。」

一郎はわらって言いました。

「さあ、なんだか変ですね。そいつだけはやめた方がいいでしょう。」

山猫は、どうも言いようがまずかった、いかにも残念だというふうに、しばらくひげをひねったまま、下を向いていましたが、やっとあきらめて言いました。

「それでは、文句はいままでのとおりにしましょう。そこで今日のお礼ですが、あなたは黄金のどんぐり一升と、塩鮭のあたまと、どっちをおすきですか。」

「黄金のどんぐりがすきです。」

山猫は、鮭の頭でなくて、まあよかったというように、口早に馬車別当に云いました。

「どんぐりを一升早くもってこい。一升にたりなかったら、めっきのどんぐりもまぜてこい。はやく。」

別当は、さっきのどんぐりをますに入れて、はかって叫びました。

「ちょうど一升あります。」

山ねこの陣羽織が風にばたばた鳴りました。そこで山ねこは、大きく延びあがって、めをつぶって、半分あくびをしながら言いました。

「よし、はやく馬車のしたくをしろ。」白い大きなきのこでこしらえた馬車が、ひっぱりだされました。そしてなんだかねずみいろの、おかしな形の馬がついています。

「さあ、おうちへお送りいたしましょう。」山猫が言いました。二人は馬車にのり別当は、どんぐりのますを馬車のなかに入れました。

ひゅう、ぱちっ。

馬車は草地をはなれました。木や藪がけむりのようにぐらぐらゆれました。一郎は黄金のどんぐりを見、やまねこはとぼけたかおつきで、遠くをみていました。

馬車が進むにしたがって、どんぐりはだんだん光がうすくなって、まもなく馬車がとまったときは、あたりまえの茶いろのどんぐりに変っていました。そして、山ねこの黄いろな陣羽織も、別当も、きのこの馬車も、一度に見えなくなって、一郎はじぶんのうちの前に、どんぐりを入れたますを持って立っていました。

それからあと、山ねこ拝というはがきは、もうきませんでした。やっぱり、出頭すべしと書いてもいいと言えばよかったと、一郎はときどき思うのです。

貝の火

今は兎たちは、みんなみじかい茶色の着物です。

野原の草はきらきら光り、あちこちの樺の木は白い花をつけました。

実に野原はいいにおいでいっぱいです。

子兎のホモイは、悦んでぴんぴん踊りながら申しました。

「ふん、いいにおいだなあ。うまいぞ、うまいぞ、鈴蘭なんかまるでパリパリだ」

風が来たので鈴蘭は、葉や花を互いにぶっつけて、しゃりんしゃりんと鳴りました。ホモイはもううれしくて、息もつかずにぴょんぴょん草の上をかけ出しました。

それからホモイはちょっと立ちどまって、腕を組んでほくほくしながら、

「まるで僕は川の波の上で芸当をしているようだぞ」と言いました。

本当にホモイは、いつか小さな流れの岸まで来

ておりました。

そこには冷たい水がこぼんこぼんと音をたて、底の砂がピカピカ光っています。

ホモイはちょっと頭を曲げて、

「この川を向こうへ跳び越えてやろうかな。なあに訳ないさ。けれども川の向こう側は、どうも草が悪いからね」とひとりごとを言いました。

すると不意に流れの上の方から、

「ブルルル、ピイ、ピイ、ピイ、ピイ、ブルルル、ピイ、ピイ、ピイ、ピイ」とけたたましい声がして、うす黒いもじゃもじゃした鳥のような形のものが、ばたばたばたばたもがきながら、流れて参りました。

ホモイは急いで岸にかけよって、じっと待ちかまえました。

流されるのは、たしかにやせたひばりの子供です。ホモイはいきなり水の中に飛び込んで、前あしでしっかりそれをつかまえました。

するとそのひばりの子供は、いよいよびっくりして、黄色なくちばしを大きくあけて、まるでホモイのお耳もつんぼになるくらい鳴くのです。

ホモイはあわてて一生けん命、あとあしで水をけりました。そして、

「大丈夫さ、大丈夫さ」と言いながら、その子の顔を見ますと、ホモイはぎょっとしてあぶなく手をはなしそうになりました。それは顔じゅうしわだらけで、くちばしが大きくて、おまけにどこか

とかげに似ているのです。

けれどもこの強い兎の子は、決してその手をはなしませんでした。怖ろしさに口をへの字にしながらも、それをしっかりおさえて、高く水の上にさしあげたのです。

そして二人は、どんどん流されました。ホモイは二度ほど波をかぶったので、水をよほどのみました。それでもその鳥の子ははなしませんでした。

するとちょうど、小流れの曲がりかどに、一本の小さな楊（やなぎ）の枝が出て、水をピチャピチャたたいておりました。

ホモイはいきなりその枝に、青い皮の見えるくらい深くかみつきました。そして力いっぱいにひばりの子を岸の柔らかな草の上に投げあげて、自分も一とびにはね上がりました。

ひばりの子は草の上に倒れて、目を白くしてガタガタふるえています。

ホモイも疲れでよろよろしましたが、無理にこらえて、楊の白い花をむしって来て、ひばりの子にかぶせてやりました。ひばりの子は、ありがとうと言うようにその鼠色の顔をあげました。

ホモイはそれを見るとぞっとして、いきなり跳び退きました。そして声をたてて逃げました。

その時、空からヒュウと矢のように降りて来たものがあります。ホモイは立ちどまって、ふりかえって見ると、それは母親のひばりでした。母親のひばりは、物も言えずにぶるぶるふるえながら、子供のひばりを強く強く抱いてやりました。

ホモイはもう大丈夫と思ったので、いちもくさんにおとうさんのお家へ走って帰りました。

兎のお母さんは、ちょうど、お家で白い草の束をそろえておりましたが、ホモイを見てびっくりしました。そして、

「おや、どうかしたのかい。たいへん顔色が悪いよ」と言いながら棚から薬の箱をおろしました。

「おっかさん、僕ね、もじゃもじゃの鳥の子のお

ぼれるのを助けたんです」とホモイが言いました。

兎のお母さんは箱から万能散（まんのうさん）を一服出してホモイに渡して、

「もじゃもじゃの鳥の子って、ひばりかい」と尋ねました。

ホモイは薬を受けとって、

「たぶんひばりでしょう。ああ頭がぐるぐるする。おっかさん、まわりが変に見えるよ」と言いながら、そのままバッタリ倒れてしまいました。ひどい熱病にかかったのです。

＊

ホモイが、おとうさんやおっかさんや、兎のお医者さんのおかげで、すっかりよくなったのは、鈴蘭にみんな青い実ができたころでした。

ホモイは、ある雲のない静かな晩、はじめてうちからちょっと出てみました。

南の空を、赤い星がしきりにななめに走りました。ホモイはうっとりそれを見とれました。すると不意に、空でブルッとはねの音がして、二疋(ひき)の小鳥が降りて参りました。

大きい方は、まるい赤い光るものを大事そうに草におろして、うやうやしく手をついて申しました。

「ホモイさま。あなたさまは私ども親子の大恩人でございます」

ホモイは、その赤いものの光で、よくその顔を見て言いました。

「あなた方は先頃（せんころ）のひばりさんですか」

　母親のひばりは、

「さようでございます。先日はまことにありがとうございました。せがれの命をお助けくださいましてまことにありがとう存じます。あなた様はそのために、ご病気にさえおなりになったとの事でございましたが、もうおよろしゅうございますか」

　親子のひばりは、たくさんおじぎをしてまた申しました。

「私どもは毎日この辺を飛びめぐりまして、あなたさまの外へお出なさいますのをお待ちいたしておりました。これは私どもの王からの贈物でございます」と言いながら、ひばりはさっきの赤い光るものをホモイの前に出して、薄いうすいけむりのようなはんけちを解きました。それはとちの実ぐらいあるまんまるの玉で、中では赤い火がちらちら燃えているのです。

ひばりの母親がまた申しました。

「これは貝の火という宝珠でございます。王さまのお言伝（ことづて）ではあなた様のお手入れしだいで、この珠はどんなにでも立派になると申します。どうかお納めをねがいます」

ホモイは笑って言いました。

「ひばりさん、僕はこんなものいりませんよ。持って行ってください。たいへんきれいなもんですから、見るだけでたくさんです。見たくなったら、またあなたの所へ行きましょう」

ひばりが申しました。

「いいえ。それはどうかお納めをねがいます。私どもの王からの贈物でございますから。お納めくださらないと、また私はせがれと二人で切腹をしないとなりません。さ、せがれ。お暇(いとま)をして。さ。おじぎ。ご免ください」

そしてひばりの親子は二、三遍お辞儀をして、あわてて飛んで行ってしまいました。

ホモイは玉を取りあげて見ました。玉は赤や黄の焔をあげて、せわしくせわしく燃えているように見えますが、実はやはり冷たく美しく澄んでいるのです。目にあてて空にすかして見ると、もう焔はなく、天の川が奇麗にすきとおっています。目からはなすと、またちらりちらり美しい火が燃えだします。

ホモイはそっと玉をささげて、おうちへはいりました。そしてすぐお父さんに見せました。すると兎のお父さんが玉を手にとって、めがねをはずしてよく調べてから申しました。

「これは有名な貝の火という宝物だ。これは大変な玉だぞ。これをこのまま一生満足に持っている事のできたものは今までに鳥に二人魚に一人あっただけだという話だ。お前はよく気をつけて光をなくさないようにするんだぞ」

ホモイが申しました。

「それは大丈夫ですよ。僕は決してなくしませんよ。そんなようなことは、ひばりも言っていました。僕は毎日百遍ずつ息をふきかけて百遍ずつ紅雀(べにすずめ)の毛でみがいてやりましょう」

兎のおっかさんも、玉を手にとってよくよくながめました。そして言いました。

「この玉はたいへん損じやすいという事です。けれども、また亡くなった鷲の大臣が持っていた時は、大噴火があって大臣が鳥の避難のために、あちこちさしずをして歩いている間に、この玉が山ほどある石に打たれたり、まっかな熔岩に流されたりしても、いっこうきずも曇りもつかないでかえって前よりも美しくなったという話ですよ」

兎のおとうさんが申しました。

「そうだ。それは名高いはなしだ。お前もきっと鷲の大臣のような名高い人になるだろう。よくいじわるなんかしないように気をつけないといけないぞ」

ホモイはつかれてねむくなりました。そして自分のお床にコロリと横になって言いました。

「大丈夫だよ。僕なんかきっと立派にやるよ。玉は僕持って寝るんだからください」

兎のおっかさんは玉を渡しました。ホモイはそれを胸にあててすぐねむってしまいました。

その晩の夢の奇麗なことは、黄や緑の火が空で燃えたり、野原が一面黄金の草に変ったり、たくさんの小さな風車が蜂のようにかすかにうなって空中を飛んであるいたり、仁義をそなえた鷲の大臣が、銀色のマントをきらきら波立てて野原を見まわったり、ホモイはうれしさに何遍も、「ホウ。やってるぞ、やってるぞ」と声をあげたくらいです。

＊

あくる朝、ホモイは七時ごろ目をさまして、まず第一に玉を見ました。玉の美しいことは、昨夜よりもっとです。ホモイは玉をのぞいて、ひとりごとを言いました。

「見える、見える。あそこが噴火口だ。そら火をふいた。ふいたぞ。おもしろいな。まるで花火だ。おや、おや、おや、火がもくもく湧いている。二つにわかれた。奇麗だな。火花だ。火花だ。まるでいなずまだ。そら流れ出したぞ。すっかり黄金色になってしまった。うまいぞ、うまいぞ。そらまた火をふいた」

おとうさんはもう外へ出ていました。おっかさんがにこにこして、おいしい白い草の根や青いばらの実を持って来て言いました。

「さあ早くおかおを洗って、今日は少し運動をするんですよ。どれちょっとお見せ。まあ本当に奇麗だね。お前がおかおを洗っている間おっかさんが見ていてもいいかい」

ホモイが言いました。

「いいとも。これはうちの宝物なんだから、おっかさんのだよ」そしてホモイは立って家の入り口の鈴蘭の葉さきから、大粒の露を六つほど取ってすっかりお顔を洗いました。

ホモイはごはんがすんでから、玉へ百遍息をふきかけ、それから百遍紅雀の毛でみがきました。そしてたいせつに紅雀のむな毛につつんで、今まで兎の遠めがねを入れておいた瑪瑙（めのう）の箱にしまってお母さんにあずけました。そして外に出ました。

風が吹いて草の露がバラバラとこぼれます。つりがねそうが朝の鐘を、

「カン、カン、カンカエコ、カンコカンコカン」

と鳴らしています。

ホモイはぴょんぴょん跳んで樺の木の下に行きました。

するとの向こうから、年をとった野馬がやって参りました。ホモイは少し怖くなって戻ろうとしますと、馬はていねいにおじぎをして言いました。

「あなたはホモイさまでございますか。こんど貝の火がお前さまに参られましたそうで実に祝着に存じまする。あの玉がこの前獣の方に参りましてからもう千二百年たっていると申しまする。いや、実に私めも今朝そのおはなしを承わりまして、涙を流してございます」馬はボロボロ泣きだしました。

ホモイはあきれていましたが、馬があんまり泣くものですから、ついつりこまれてちょっと鼻がせらせらしました。馬は風呂敷ぐらいある浅黄のはんけちを出して涙をふいて申しました。

「あなた様は私どもの恩人でございます。どうかくれぐれもおからだを大事になされてくだされませ」そして馬はていねいにおじぎをして向こうへ歩いて行きました。

ホモイはなんだかうれしいようなおかしいような気がしてぼんやり考えながら、にわとこの木の陰に行きました。するとそこに若い二疋の栗鼠（りす）が仲よく白いお餅をたべておりましたがホモイの来たのを見ると、びっくりして立ちあがって急いできもののえりを直し、目を白黒くして餅をのみ込もうとしたりしました。

ホモイはいつものように、「りすさん。お早う」とあいさつをしましたが、りすは二疋とも堅くなってしまって、いっこうことばも出ませんでした。ホモイはあわてて、

「りすさん。今日もいっしょにどこか遊びに行きませんか」と言いますと、りすはとんでもないと言うように目をまん円にして顔を見合わせて、それからいきなり向こうを向いて一生けん命逃げて行

ってしまいました。

　ホモイはあきれてしまいました。そして顔色を変えてうちへ戻って来て、

「おっかさん。なんだかみんな変なぐあいですよ。りすさんなんか、もう僕を仲間はずれにしましたよ」と言いますと兎のおっかさんが笑って答えました。

「それはそうですよ。お前はもう立派な人になったんだから、りすなんか恥ずかしいのです。です

からよく気をつけてあとで笑われないようにするんですよ」

ホモイが言いました。

「おっかさん。それは大丈夫ですよ。それなら僕はもう大将になったんですか」

おっかさんもうれしそうに、

「まあそうです」と申しました。

ホモイが悦んで踊りあがりました。

「うまいぞ。うまいぞ。もうみんな僕のてしたなんだ。狐なんかもうこわくもなんともないや。おっかさん。僕ね、りすさんを少将にするよ。馬はね、馬は大佐にしてやろうと思うんです」

おっかさんが笑いながら、

「そうだね、けれどもあんまりいばるんじゃありませんよ」と申しました。

ホモイは、

「大丈夫ですよ。おっかさん、僕ちょっと外へ行って来ます」と言ったままぴょんと野原へ飛び出しました。するとすぐ目の前をいじわるの狐が風のように走って行きます。

ホモイはぶるぶるぶるふるえながら思い切って叫んでみました。

「待て。狐。僕は大将だぞ」

狐がびっくりしてふり向いて顔色を変えて申しました。

「へい。存じております。へい、へい。何かご用でございますか」

　ホモイができるくらい威勢よく言いました。

「お前はずいぶん僕をいじめたな。今度は僕のけらいだぞ」

　狐は卒倒しそうになって、頭に手をあげて答えました。

「へい、お申し訳もございません。どうかお赦しをねがいます」

　ホモイはうれしさにわくわくしました。

「特別に許してやろう。お前を少尉にする。よく働いてくれ」

狐が悦んで四遍ばかり廻りました。

「へいへい。ありがとう存じます。どんな事でもいたします。少しとうもろこしを盗んで参りましょうか」

ホモイが申しました。

「いや、それは悪いことだ。そんなことをしてはならん」

狐は頭を掻いて申しました。

「へいへい。これからは決していたしません。なんでもおいいつけを待っていたします」

ホモイは言いました。

「そうだ。用があったら呼ぶからあっちへ行っておいで」

狐はくるくるまわっておじぎをして向こうへ行ってしまいました。

ホモイはうれしくてたまりません。野原を行ったり来たりひとりごとを言ったり、笑ったりさまざまの楽しいことを考えているうちに、もうお日様が砕けた鏡のように樺の木の向こうに落ちましたので、ホモイも急いでおうちに帰りました。

兎のおとうさまももう帰っていて、その晩は様々のご馳走がありました。ホモイはその晩も美しい夢を見ました。

＊

次の日ホモイは、お母さんに言いつけられて笊を持って野原に出て、鈴蘭の実を集めながらひとりごとを言いました。

「ふん、大将が鈴蘭の実を集めるなんておかしいや。誰かに見つけられたらきっと笑われるばかりだ。狐が来るといいがなあ」

するとも足の下がなんだかもくもくしました。見るとむぐらが土をくぐってだんだん向こうへ行こうとします。ホモイは叫びました。

「むぐら、むぐら、むぐらもち、お前は僕の偉くなったことを知ってるかい」

むぐらが土の中で言いました。

「ホモイさんでいらっしゃいますか。よく存じております」

ホモイは大いばりで言いました。

「そうか。そんならいいがね。僕、お前を軍曹にするよ。そのかわり少し働いてくれないかい」

むぐらはびくびくして尋ねました。

「へいどんなことでございますか」

ホモイがいきなり、

「鈴蘭の実を集めておくれ」と言いました。

むぐらは土の中で冷汗をたらして頭をかきながら、

「さあまことに恐れ入りますが私は明るい所の仕事はいっこう無調法でございます」と言いました。

ホモイはおこってしまって、

「そうかい。そんならいいよ。頼まないから。あとで見ておいで。ひどいよ」と叫びました。

むぐらは、

「どうかご免をねがいます。私は長くお日様を見ますと死んでしまいますので」としきりにおわびをします。

ホモイは足をばたばたして、

「いいよ。もういいよ。だまっておいで」と言いました。

その時向こうのにわとこの陰からりすが五疋ちょろちょろ出て参りました。そしてホモイの前にぴょこぴょこ頭を下げて申しました。

「ホモイさま、どうか私どもに鈴蘭の実をお採らせくださいませ」

ホモイが、

「いいとも。さあやってくれ。お前たちはみんな僕の少将だよ」

りすがきゃっきゃっ悦んで仕事にかかりました。

この時向こうから仔馬が六疋走って来てホモイの前にとまりました。その中のいちばん大きなのが、

「ホモイ様。私どもにも何かおいいつけをねがいます」と申しました。ホモイはすっかり悦んで、

「いいとも。お前たちはみんな僕の大佐にする。僕が呼んだら、きっとかけて来ておくれ」といいました。仔馬も悦んではねあがりました。

むぐらが土の中で泣きながら申しました。

「ホモイさま、どうか私にもできるようなことをおいいつけください。きっと立派にいたしますから」

ホモイはまだおこっていましたので、

「お前なんかいらないよ。今に狐が来たらお前たちの仲間をみんなひどい目にあわしてやるよ。見ておいで」と足ぶみをして言いました。

土の中ではひっそりとして声もなくなりました。

それからりすは、夕方までに鈴蘭の実をたくさん集めて、大騒ぎをしてホモイのうちへ運びました。

おっかさんが、その騒ぎにびっくりして出て見て言いました。

「おや、どうしたの、りすさん」

ホモイが横から口を出して、

「おっかさん。僕の腕まえをごらん。まだまだ僕はどんな事でもできるんですよ」と言いました。兎のお母さんは返事もなく黙って考えておりました。

するとちょうど兎のお父さんが戻って来て、その景色をじっと見てから申しました。

「ホモイ、お前は少し熱がありはしないか。むぐらをたいへんおどしたそうだな。むぐらの家では、もうみんなきちがいのようになって泣いてるよ。それにこんなにたくさんの実を全体誰がたべるのだ」

ホモイは泣きだしました。りすはしばらくきのどくそうに立って見ておりましたが、とうとうこそこそみんな逃げてしまいました。

兎のお父さんがまた申しました。

「お前はもうだめだ。貝の火を見てごらん。きっと曇ってしまっているから」

兎のおっかさんまでが泣いて、前かけで涙をそっとぬぐいながら、あの美しい玉のはいった瑪瑙(めのう)の函を戸棚から取り出しました。

兎のおとうさんは函を受けとって蓋をひらいて驚きました。

珠は一昨日の晩よりも、もっともっと赤く、もっともっと速く燃えているのです。

みんなはうっとりみとれてしまいました。兎のおとうさんはだまって玉をホモイに渡してご飯を食べはじめました。ホモイもいつか涙がかわきみんなはまた気持ちよく笑い出しいっしょにご飯をたべてやすみました。

＊

次の朝早くホモイはまた野原に出ました。

今日もよいお天気です。けれども実をとられた鈴蘭は、もう前のようにしゃりんしゃりんと葉を鳴らしませんでした。

　向こうの向こうの青い野原のはずれから、狐が一生けん命に走って来て、ホモイの前にとまって、

「ホモイさん。昨日りすに鈴蘭の実を集めさせたそうですね。どうです。今日は私がいいものを見つけて来てあげましょう。それは黄色でね、もくもくしてね、失敬ですが、ホモイさん、あなたなんかまだ見たこともないやつですぜ。それから、昨日むぐらに罰をかけるとおっしゃったそうです

ね。あいつは元来横着だから、川の中へでも追いこんでやりましょう」と言いました。

ホモイは、

「むぐらは許しておやりよ。僕もう今朝許したよ。けれどそのおいしいたべものは少しばかり持って来てごらん」と言いました。

「合点（がってん）、合点。十分間だけお待ちなさい。十分間ですぜ」と言って狐はまるで風のように走って行きました。

ホモイはそこで高く叫びました。

「むぐら、むぐら、むぐらもち。もうお前は許してあげるよ。泣かなくてもいいよ」

土の中はしんとしておりました。

狐がまた向こうから走って来ました。そして、「さあおあがりなさい。これは天国の天ぷらというもんですぜ。最上等のところです」と言いながら盗んで来た角パンを出しました。

ホモイはちょっとたべてみたら、実にどうもう

まいのです。そこで狐に、

「こんなものどの木にできるのだい」とたずねますと狐が横を向いて一つ「ヘン」と笑ってから申しました。

「台所という木ですよ。ダアイドコロという木ね。おいしかったら毎日持って来てあげましょう」

ホモイが申しました。

「それでは毎日きっと三つずつ持って来ておくれ。ね」

狐がいかにもよくのみこんだというように目をパチパチさせて言いました。

「へい。よろしゅうございます。そのかわり私の鶏をとるのを、あなたがとめてはいけませんよ」

「いいとも」とホモイが申しました。

するとの狐が、

「それでは今日の分、もう二つ持って来ましょう」と言いながらまた風のように走って行きました。

　ホモイはそれをおうちに持って行ってお父さんやお母さんにあげる時の事を考えていました。お父さんだって、こんなおいしいものは知らないだろう。僕はほんとうに孝行だなあ。

狐が角パンを二つくわえて来てホモイの前に置いて、急いで「さよなら」と言いながらもう走っていってしまいました。ホモイは、

「狐はいったい毎日何をしているんだろう」とつぶやきながらおうちに帰りました。

今日はお父さんとお母さんとが、お家の前で鈴蘭の実を天日にほしておりました。

ホモイが、

「お父さん。いいものを持って来ましたよ。あげましょうか。まあちょっとたべてごらんなさい」

と言いながら角パンを出しました。

兎のお父さんはそれを受けとって眼鏡をはずして、よくよく調べてから言いました。

「お前はこんなものを狐にもらったな。これは盗んで来たもんだ。こんなものをおれは食べない」

そしておとうさんは、も一つホモイのお母さんにあげようと持っていた分も、いきなり取りかえして自分のといっしょに土に投げつけてむちゃくちゃにふみにじってしまいました。

ホモイはわっと泣きだしました。兎のお母さんもいっしょに泣きました。

お父さんがあちこち歩きながら、

「ホモイ、お前はもう駄目だ。玉を見てごらん。

もうきっと砕けているから」と言いました。

お母さんが泣きながら函を出しました。玉はお日さまの光を受けて、まるで天上に昇って行きそうに美しく燃えました。

お父さんは玉をホモイに渡してだまってしまいました。ホモイも玉を見ていつか涙を忘れてしまいました。

＊

次の日ホモイはまた野原に出ました。

狐が走って来てすぐ角パンを三つ渡しました。ホモイはそれを急いで台所の棚の上に載せてまた野原に来ますと狐がまだ待っていて言いました。

「ホモイさん。何かおもしろいことをしようじゃありませんか」ホモイが、

「どんなこと？」とききますと狐が言いました。

「むぐらを罰にするのはどうです。あいつは実にこの野原の毒むしですぜ。そしてなまけものですぜ。あなたが一遍許すって言ったのなら、今日は

私だけでひとつむぐらをいじめますから、あなたはだまって見ておいでなさい。いいでしょう」

ホモイは、

「うん、毒むしならいじめてもよかろう」と言いました。

狐は、しばらくあちこち地面を嗅いだり、とんとんふんでみたりしていましたが、とうとう一つの大きな石を起こしました。するとその下にむぐらの親子が八疋かたまってぶるぶるふるえており

ました。狐が、

「さあ、走れ、走らないと、噛み殺すぞ」といって足をどんどんしました。むぐらの親子は、

「ごめんください。ごめんください」と言いながら逃げようとするのですが、みんな目が見えない上に足がきかないものですからただ草を掻くだけです。

いちばん小さな子はもうあおむけになって気絶したようです。狐ははがみをしました。ホモイも

思わず、

「シッシッ」と言って足を鳴らしました。その時、

「こらっ、何をする」と言う大きな声がして、狐がくるくると四遍ばかりまわって、やがていちもくさんに逃げました。

見るとホモイのお父さんが来ているのです。

お父さんは、急いでむぐらをみんな穴に入れてやって、上へもとのように石をのせて、それからホモイの首すじをつかんで、ぐんぐんおうちへ引

いて行きました。
おっかさんが出て来て泣いておとうさんにすがりました。お父さんが言いました。
「ホモイ。お前はもう駄目だぞ。今日こそ貝の火は砕けたぞ。出して見ろ」
お母さんが涙をふきながら函を出して来ました。お父さんは函の蓋を開いて見ました。
するとお父さんはびっくりしてしまいました。
貝の火が今日ぐらい美しいことはまだありません

でした。それはまるで赤や緑や青や様々の火がはげしく戦争をして、地雷火をかけたり、のろしを上げたり、またいなずまがひらめいたり、光の血が流れたり、そうかと思うと水色の焔が玉の全体をパッと占領して、今度はひなげしの花や、黄色のチュウリップ、薔薇やほたるかずらなどが、一面風にゆらいだりしているように見えるのです。

兎のお父さんは黙って玉をホモイに渡しました。ホモイはまもなく涙も忘れて貝の火をながめてよろこびました。

おっかさんもやっと安心して、おひるのしたくをしました。

みんなはすわって角パンをたべました。

お父さんが言いました。

「ホモイ。狐には気をつけないといけないぞ」

ホモイが申しました。

「お父さん、大丈夫ですよ。狐なんかなんでもありませんよ。僕には貝の火があるのですもの。あの玉が砕けたり曇ったりするもんですか」

お母さんが申しました。

「本当にね、いい宝石だね」

ホモイは得意になって言いました。

「お母さん。僕はね、うまれつきあの貝の火と離れないようになってるんですよ。たとえ僕がどんな事をしたって、あの貝の火がどこかへ飛んで行くなんて、そんな事があるもんですか。それに僕毎日百ずつ息をかけてみがくんですもの」

「実際そうだといいがな」とお父さんが申しました。

その晩ホモイは夢を見ました。高い高い錐のような山の頂上に片脚で立っているのです。ホモイはびっくりして泣いて目をさましました。

＊

次の朝ホモイはまた野に出ました。

今日は陰気な霧がジメジメ降っています。木も草もじっと黙り込みました。ぶなの木さえ葉をちらっとも動かしません。

ただあのつりがねそうの朝の鐘だけは高く高く空にひびきました。

「カン、カン、カンカエコ、カンコカンコカンコカン」

おしまいの音がカアンと向こうから戻って来ました。

そして狐が角パンを三つ持って半ズボンをはいてやって来ました。

「狐。お早う」とホモイが言いました。

狐はいやな笑いようをしながら、

「いや昨日はびっくりしましたぜ。ホモイさんのお父さんもずいぶんがんこですな。しかしどうです。すぐご機嫌が直ったでしょう。今日は一つうんとおもしろいことをやりましょう。動物園をあなたはきらいですか」と言いました。

ホモイが、

「うん。きらいではない」と申しました。

狐が懐から小さな網を出しました。そして、

「そら、こいつをかけておくと、とんぼでも蜂でも雀でも、かけすでも、もっと大きなやつでもひっかかりますぜ。それを集めて一つ動物園をやろうじゃありませんか」と言いました。

ホモイはちょっとその動物園の景色を考えてみて、たまらなくおもしろくなりました。そこで、

「やろう。けれども、大丈夫その網でとれるかい」

と言いました。

狐がいかにもおかしそうにして、

「大丈夫ですとも。あなたは早くパンを置いておいでなさい。そのうちに私はもう百ぐらいは集めておきますから」と言いました。

ホモイは、急いで角パンを取ってお家に帰って、台所の棚の上に載せて、また急いで帰って来ました。

見るともう狐は霧の中の樺の木に、すっかり網をかけて、口を大きくあけて笑っていました。

「はははは、ご覧なさい。もう四疋つかまりましたよ」

狐はどこから持って来たか大きな硝子箱を指さして言いました。

本当にその中には、かけすと鶯と紅雀と、ひわと、四疋はいってばたばたしておりました。

けれどもホモイの顔を見ると、みんな急に安心したように静まりました。

鶯が硝子越しに申しました。

「ホモイさん。どうかあなたのお力で助けてやってください。私らは狐につかまったのです。あしたはきっと食われます。お願いでございます。ホモイさん」

ホモイはすぐ箱を開こうとしました。

すると、狐が額に黒い皺をよせて、眼を釣りあげてどなりました。

「ホモイ。気をつけろ。その箱に手でもかけてみろ。食い殺すぞ。泥棒め」

まるで口が横に裂けそうです。

ホモイはこわくなってしまって、いちもくさんにおうちへ帰りました。今日はおっかさんも野原に出て、うちにいませんでした。

ホモイはあまり胸がどきどきするので、あの貝の火を見ようと函を出して蓋を開きました。

それはやはり火のように燃えておりました。けれども気のせいか、一所（ひとところ）小さな小さな針でついたくらいの白い曇りが見えるのです。

ホモイはどうもそれが気になってしかたありま

せんでした。そこでいつものように、フッフッと息をかけて、紅雀の胸毛で上を軽くこすりました。けれども、どうもそれがとれないのです。その時、お父さんが帰って来ました。そしてホモイの顔色が変わっているのを見て言いました。

「ホモイ。貝の火が曇ったのか。たいへんお前の顔色が悪いよ。どれお見せ」そして玉をすかして見て笑って言いました。

「なあに、すぐ除（と）れるよ。黄色の火なんか、かえって今までよりよけい燃えているくらいだ。どれ、紅雀の毛を少しおくれ」そしてお父さんは熱心にみがきはじめました。けれどもどうも曇りがとれるどころかだんだん大きくなるらしいのです。

お母さんが帰って参りました。そして黙ってお父さんから貝の火を受け取って、すかして見てため息をついて今度は自分で息をかけてみがきました。

実にみんな、だまってため息ばかりつきながら、かわるがわる一生けん命みがいたのです。

もう夕方になりました。お父さんは、にわかに気がついたように立ちあがって、

「まあご飯を食べよう。今夜一晩油に漬けておいてみろ。それがいちばんいいという話だ」といいました。お母さんはびっくりして、

「まあ、ご飯のしたくを忘れていた。なんにもこさえてない。一昨日のすずらんの実と今朝の角パ

ンだけをたべましょうか」と言いました。

「うんそれでいいさ」とお父さんがいいました。ホモイはため息をついて玉を函に入れてじっとそれを見つめました。

みんなは、だまってご飯をすましました。

お父さんは、

「どれ油を出してやるかな」と言いながら棚からかやの実の油の瓶をおろしました。

ホモイはそれを受けとって貝の火を入れた函に

注ぎました。そしてあかりをけしてみんな早くからねてしまいました。

＊

夜中にホモイは眼をさましました。

そしてこわごわ起きあがって、そっと枕もとの貝の火を見ました。貝の火は、油の中で魚の眼玉のように銀色に光っています。もう赤い火は燃えていませんでした。

ホモイは大声で泣き出しました。

兎のお父さんやお母さんがびっくりして起きてあかりをつけました。

貝の火はまるで鉛の玉のようになっています。ホモイは泣きながら狐の網のはなしをお父さんにしました。

お父さんはたいへんあわてて急いで着物をきかえながら言いました。

「ホモイ。お前は馬鹿だぞ。俺も馬鹿だった。お前はひばりの子供の命を助けてあの玉をもらったのじゃないか。それをお前は一昨日なんか生まれつきだなんて言っていた。さあ、野原へ行こう。狐がまだ網を張っているかもしれない。お前はいのちがけで狐とたたかうんだぞ。もちろんおれも手伝う」

ホモイは泣いて立ちあがりました。兎のお母さんも泣いて二人のあとを追いました。

霧がポシャポシャ降って、もう夜があけかかっています。

狐はまだ網をかけて、樺の木の下にいました。そして三人を見て口を曲げて大声でわらいました。ホモイのお父さんが叫びました。

「狐。お前はよくもホモイをだましたな。さあ決闘をしろ」

狐が実に悪党らしい顔をして言いました。

「へん。貴様ら三疋ばかり食い殺してやってもいいが、俺もけがでもするとつまらないや。おれはもっといい食べものがあるんだ」

　そして函をかついで逃げ出そうとしました。

「待てこら」とホモイのお父さんがガラスの箱を押えたので、狐はよろよろして、とうとう函を置いたまま逃げて行ってしまいました。

見ると箱の中に鳥が百足ばかり、みんな泣いていました。雀や、かけすや、うぐいすはもちろん、大きな大きな梟（ふくろう）や、それに、ひばりの親子までがはいっているのです。

ホモイのお父さんは蓋をあけました。

鳥がみんな飛び出して地面に手をついて声をそろえて言いました。

「ありがとうございます。ほんとうにたびたびおかげ様でございます」

するとホモイのお父さんが申しました。

「どういたしまして、私どもは面目次第もございません。あなた方の王さまからいただいた玉をとうとう曇らしてしまったのです」

鳥が一遍に言いました。

「まあどうしたのでしょう。どうかちょっと拝見いたしたいものです」

「さあどうぞ」と言いながらホモイのお父さんは、みんなをおうちの方へ案内しました。鳥はぞろぞろついて行きました。ホモイはみんなのあとを泣きながらしょんぼりついて行きました。梟が大股にのっそのっそと歩きながら時々こわい眼をしてホモイをふりかえって見ました。

みんなはおうちにはいりました。

鳥は、ゆかや棚や机や、うちじゅうのあらゆる場所をふさぎました。梟が目玉を途方もない方に向けながら、しきりに「オホン、オホン」とせきばらいをします。

ホモイのお父さんがただの白い石になってしまった貝の火を取りあげて、

「もうこんなぐあいです。どうかたくさん笑ってやってください」と言うとたん、貝の火は鋭くカチッと鳴って二つに割れました。

と思うと、パチパチパチッとはげしい音がして見る見るまるで煙のように砕けました。

ホモイが入口でアッと言って倒れました。目にその粉がはいったのです。みんなは驚いてそっちへ行こうとしますと、今度はそこらにピチピチピチと音がして煙がだんだん集まり、やがて立派ないくつかのかけらになり、おしまいにカタッと二つかけらが組み合って、すっかり昔の貝の火になりました。玉はまるで噴火のように燃え、夕日のようにかがやき、ヒューと音を立てて窓から外の方へ飛んで行きました。

鳥はみんな興をさまして、一人去り二人去り今はふくろうだけになりました。ふくろうはじろじろ室の中を見まわしながら、

「たった六日だったな。ホッホたった六日だったな。ホッホ」

とあざ笑って、肩をゆすぶって大股に出て行きました。

それにホモイの目は、もうさっきの玉のように白く濁ってしまって、まったく物が見えなくなったのです。

はじめからおしまいまでお母さんは泣いてばかりおりました。お父さんが腕を組んでじっと考えていましたが、やがてホモイのせなかを静かにたたいて言いました。

「泣くな。こんなことはどこにもあるのだ。それをよくわかったお前は、いちばんさいわいなのだ。

目はきっとまたよくなる。お父さんがよくしてやるから。な。泣くな」

窓の外では霧が晴れて鈴蘭の葉がきらきら光り、つりがねそうは、

「カン、カン、カンカエコ、カンコカンコカン」

と朝の鐘を高く鳴らしました。

セロ弾きのゴーシュ

ゴーシュは町の活動写真館でセロを弾く係りでした。けれどもあんまり上手でないという評判でした。上手でないどころではなく実は仲間の楽手のなかではいちばん下手でしたから、いつでも楽長にいじめられるのでした。

ひるすぎみんなは楽屋に円くならんで今度の町の音楽会へ出す第六交響曲の練習をしていました。

トランペットは一生けん命歌っています。

ヴァイオリンも二いろ風のように鳴っています。クラリネットもボーボーとそれに手伝っています。

ゴーシュも口をりんと結んで眼を皿のようにして楽譜を見つめながらもう一心に弾いています。にわかにぱたっと楽長が両手を鳴らしました。みんなぴたりと曲をやめてしんとしました。楽長がどなりました。

「セロがおくれた。トォテテ　テテテイ、ここからやり直し。はいっ。」

　みんなは今の所の少し前の所からやり直しました。ゴーシュは顔をまっ赤にして額に汗を出しながらやっといま云われたところを通りました。ほっと安心しながら、つづけて弾いていますと楽長がまた手をぱっと拍ちました。

「セロっ。糸が合わない。困るなあ。ぼくはきみにドレミファを教えてまでいるひまはないんだがなあ。」

みんなは気の毒そうにしてわざとじぶんの譜をのぞき込んだりじぶんの楽器をはじいて見たりしています。ゴーシュはあわてて糸を直しました。これはじつはゴーシュも悪いのですがセロもずいぶん悪いのでした。

「今の前の小節から。はいっ。」

みんなはまたはじめました。ゴーシュも口をまげて一生けん命です。そしてこんどはかなり進みました。いいあんばいだと思っていると楽長がおどすような形をしてまたぱたっと手を拍ちました。またかとゴーシュはどきっとしましたがありがたいことにはこんどは別の人でした。ゴーシュはそこでさっきじぶんのときみんながしたようにわざとじぶんの譜へ眼を近づけて何か考えるふりをしていました。

「ではすぐ今の次。はいっ。」

そらと思って弾き出したかと思うといきなり楽長が足をどんと踏んでどなり出しました。

「だめだ。まるでなっていない。このへんは曲の心臓なんだ。それがこんながさがさしたことで。諸君。演奏までもうあと十日しかないんだよ。音楽を専門にやっているぼくらがあの金沓鍛治（かなぐつかじ）だの砂糖屋の丁稚なんかの寄り集りに負けてしまったらいったいわれわれの面目はどうなるんだ。おいゴーシュ君。君には困るんだがなあ。表情ということがまるでできてない。怒るも喜ぶも感情というものがさっぱり出ないんだ。それにどうしてもぴたっと外の楽器と合わないもなあ。いつでもきみだけとけた靴のひもを引きずってみんなのあとをついてあるくようなんだ、困るよ、しっかりしてくれないとねえ。光輝あるわが金星音楽団がきみ一人のために悪評をとるようなことでは、みんなへもまったく気の毒だからな。では今日は練習はここまで、休んで六時にはかっきりボックスへ入ってくれ給え。」

みんなはおじぎをして、それからたばこをくわえてマッチをすったりどこかへ出て行ったりしました。ゴーシュはその粗末な箱みたいなセロをかかえて壁の方へ向いて口をまげてぼろぼろ泪をこぼしましたが、気をとり直してじぶんだけたったひとりいまやったところをはじめからしずかにもいちど弾きはじめました。

その晩遅くゴーシュは何か巨きな黒いものをしょってじぶんの家へ帰ってきました。家といってもそれは町はずれの川ばたにあるこわれた水車小屋で、ゴーシュはそこにたった一人ですんでいて午前は小屋のまわりの小さな畑でトマトの枝をきったり甘藍（キャベジ）の虫をひろったりしてひるすぎになるといつも出て行っていたのです。ゴーシュがうちへ入ってあかりをつけるとさっきの黒い包みをあけました。それは何でもない。あの夕方のごつごつしたセロでした。ゴーシュはそれを床の上にそっと置くと、いきなり棚からコップをとってバケツの水をごくごくのみました。

それから頭を一つふって椅子へかけるとまるで虎みたいな勢でひるの譜を弾きはじめました。譜をめくりながら弾いては考え考えては弾き一生けん命しまいまで行くとまたはじめからなんべんもなんべんもごうごうごうごう弾きつづけました。夜中もとうにすぎてしまいはもうじぶんが弾いているのかもわからないようになって顔もまっ赤になり眼もまるで血走ってとても物凄い顔つきになり、いまにも倒れるかと思うように見えました。

そのとき誰かうしろの扉をとんとんと叩くものがありました。

「ホーシュ君か。」ゴーシュはねぼけたように叫びました。ところがすうと扉を押してはいって来たのはいままで五六ぺん見たことのある大きな三毛猫でした。

ゴーシュの畑からとった半分熟したトマトをさも重そうに持って来てゴーシュの前におろして云いました。

「ああくたびれた。なかなか運搬はひどいやな。」

「何だと」ゴーシュがききました。

「これおみやです。たべてください。」三毛猫が云いました。

ゴーシュはひるからのむしゃくしゃを一ぺんにどなりつけました。

「誰がきさまにトマトなど持ってこいと云った。第一おれがきさまらのもってきたものなど食うか。それからそのトマトだっておれの畑のやつだ。

何だ。赤くもならないやつをむしって。いままでもトマトの茎をかじったりけちらしたりしたのはおまえだろう。行ってしまえ。ねこめ。」

するとと猫は肩をまるくして眼をすぼめてはいましたが口のあたりでにやにやわらって云いました。

「先生、そうお怒りになっちゃ、おからだにさわります。それよりシューマンのトロメライをひいてごらんなさい。きいてあげますすから。」

「生意気なことを云うな。ねこのくせに。」

セロ弾きはしゃくにさわってこのねこのやつどうしてくれようとしばらく考えました。

「いやご遠慮はありません。どうぞ。わたしはどうも先生の音楽をきかないとねむられないんです。」

「生意気だ。生意気だ。生意気だ。」

ゴーシュはすっかりまっ赤になってひるま楽長のしたように足ぶみしてどなりましたがにわかに気を変えて云いました。

「では弾くよ。」

　ゴーシュは何と思ったか扉にかぎをかって窓もみんなしめてしまい、それからセロをとりだしてあかしを消しました。すると外から二十日過ぎの月のひかりが室（へや）のなかへ半分ほどはいってきました。

「何をひけと。」

「トロメライ、ロマチックシューマン作曲。」猫は口を拭いて済まして云いました。

「そうか。トロメライというのはこういうのか。」

セロ弾きは何と思ったかまずはんけちを引きさいてじぶんの耳の穴へぎっしりつめました。それからまるで嵐のような勢で「印度の虎狩」という譜を弾きはじめました。

するとと猫はしばらく首をまげて聞いていましたがいきなりパチパチパチッと眼をしたかと思うとぱっと扉の方へ飛びのきました。そしていきなりどんと扉へからだをぶっつけましたが扉はあきませんでした。猫はさあこれはもう一生一代の失敗をしたという風にあわてだして眼や額からぱちぱち火花を出しました。するとこんどは口のひげからも鼻からも出ましたから猫はくすぐったがってしばらくくしゃみをするような顔をしてそれからまたさあこうしてはいられないぞというようにはせあるきだしました。ゴーシュはすっかり面白くなってますます勢よくやり出しました。

「先生もうたくさんです。たくさんですよ。ご生ですからやめてください。これからもう先生のタクトなんかとりませんから。」

「だまれ。これから虎をつかまえる所だ。」

猫はくるしがってはねあがってまわったり壁にからだをくっつけたりしましたが壁についたあとはしばらく青くひかるのでした。しまいは猫はまるで風車のようにぐるぐるぐるぐるゴーシュをまわりました。

ゴーシュもすこしぐるぐるして来ましたので、

「さあこれで許してやるぞ」と云いながらようよ

うやめました。
　すると猫もけろりとして
「先生、こんやの演奏はどうかしてますね。」と云いました。
　セロ弾きはまたぐっとしゃくにさわりましたが何気ない風で巻たばこを一本だして口にくわえそれからマッチを一本とって
「どうだい。工合をわるくしないかい。舌を出してごらん。」

猫はばかにしたように尖った長い舌をベロリと出しました。

「ははあ、少し荒れたね。」セロ弾きは云いながらいきなりマッチを舌でシュッとすってじぶんのたばこへつけました。さあ猫は愕いたの何の舌を風車のようにふりまわしながら入り口の扉へ行って頭でどんとぶっつかってはよろよろとしてまた戻って来てどんとぶっつかってはよろよろまた戻って来てまたぶっつかってはよろよろにげみちをこさえようとしました。

ゴーシュはしばらく面白そうに見ていましたが
「出してやるよ。もう来るなよ。ばか。」

セロ弾きは扉をあけて猫が風のように萱（かや）のなかを走って行くのを見てちょっとわらいました。それから、やっとせいせいしたというようにぐっすりねむりました。

次の晩もゴーシュがまた黒いセロの包みをかついで帰ってきました。そして水をごくごくのむとそっくりゆうべのとおりぐんぐんセロを弾きはじめました。十二時は間もなく過ぎ一時もすぎ二時もすぎてもゴーシュはまだやめませんでした。それからもう何時だかもわからず弾いているかもわからずごうごうやっていますと誰か屋根裏をこっこっと叩くものがあります。

「猫、まだこりないのか。」

ゴーシュが叫びますといきなり天井の穴からぽろんと音がして一疋（ぴき）の灰いろの鳥が降りて

来ました。床へとまったのを見るとそれはかっこうでした。

「鳥まで来るなんて。何の用だ。」ゴーシュが云いました。

「音楽を教わりたいのです。」

かっこう鳥はすまして云いました。

ゴーシュは笑って

「音楽だと。おまえの歌は、かっこう、かっこうというだけじゃあないか。」

するとかっこうが大へんまじめに
「ええ、それなんです。けれどもむずかしいですからねえ。」と云いました。
「むずかしいもんか。おまえたちのはたくさん啼くのがひどいだけで、なきようは何でもないじゃないか。」
「ところがそれがひどいんです。たとえばかっこうとこうなくのとかっこうとこうなくのとでは聞いていてもよほどちがうでしょう。」

「ちがわないね。」

「ではあなたにはわからないんです。わたしらのなかまならかっこうと一万云えば一万みんなちがうんです。」

「勝手だよ。そんなにわかってるなら何もおれの処へ来なくてもいいではないか。」

「ところが私はドレミファを正確にやりたいんです。」

「ドレミファもくそもあるか。」

「ええ、外国へ行く前にぜひ一度いるんです。」

「外国もくそもあるか。」

「先生どうかドレミファを教えてください。わたしはついてうたいますから。」

「うるさいなあ。そら三べんだけ弾いてやるからすんだらさっさと帰るんだぞ。」

ゴーシュはセロを取り上げてボロンボロンと糸を合わせてドレミファソラシドとひきました。するとかっこうはあわてて羽をばたばたしました。

「ちがいます、ちがいます。そんなんでないんです。」

「うるさいなあ。ではおまえやってごらん。」

「こうですよ。」かっこうはからだをまえに曲げてしばらく構えてから

「かっこう」と一つなきました。

「何だい。それがドレミファかい。おまえたちには、それではドレミファも第六交響楽も同じなんだな。」

「それはちがいます。」

「どうちがうんだ。」

「むずかしいのはこれをたくさん続けたのがあるんです。」

「つまりこうだろう。」セロ弾きはまたセロをとって、かっこうかっこうかっこうかっこうかっこうとつづけてひきました。

するとかっこうはたいへんよろこんで途中からかっこうかっこうかっこうかっこうとついて叫び

ました。それももう一生けん命からだをまげていつまでも叫ぶのです。

ゴーシュはとうとう手が痛くなって「こら、いいかげんにしないか。」と云いながらやめました。するとかっこうは残念そうに眼をつりあげてまだしばらくないていましたがやっと「……かっこうかくうかっかっかっかっか」と云ってやめました。

ゴーシュがすっかりおこってしまって、

「こらとり、もう用が済んだらかえれ」と云いました。

「どうかもういっぺん弾いてください。あなたのはいいようだけれどもすこしちがうんです。」

「何だと、おれがきさまに教わってるんではないんだぞ。帰らんか。」

「どうかたったもう一ぺんおねがいです。どうか。」かっこうは頭を何べんもこんこん下げました。

「ではこれっきりだよ。」

ゴーシュは弓をかまえました。かっこうは「くっ」とひとつ息をして

「ではなるべく永くおねがいいたします。」といってまた一つおじぎをしました。

「いやになっちまうなあ。」ゴーシュはにが笑いしながら弾きはじめました。するとかっこうはまたまるで本気になって「かっこうかっこうかっこう」とからだをまげてじつに一生けん命叫びました。ゴーシュははじめはむしゃくしゃしていまし

たがいつまでもつづけて弾いているうちにふっと何だかこれは鳥の方がほんとうのドレミファにはまっているかなという気がしてきました。どうも弾けば弾くほどかっこうの方がいいような気がするのでした。

「えいこんなばかなことしていたらおれは鳥になってしまうんじゃないか。」とゴーシュはいきなりぴたりとセロをやめました。

するとかっこうはどしんと頭を叩かれたように

ふらふらっとしてそれからまたさっきのように「かっこうかっこうかっこうかっかっかっかっかっ」と云ってやめました。それから恨めしそうにゴーシュを見て

「なぜやめたんですか。ぼくらならどんな意気地ないやつでものどから血が出るまでは叫ぶんですよ。」と云いました。

「何を生意気な。こんなばかなまねをいつまでしていられるか。もう出て行け。見ろ。夜があける

んじゃないか。」ゴーシュは窓を指さしました。

東のそらがぼうっと銀いろになってそこをまっ黒な雲が北の方へどんどん走っています。

「ではお日さまの出るまでどうぞ。もう一ぺん。ちょっとですから。」

かっこうはまた頭を下げました。

「黙れっ。いい気になって。このばか鳥め。出て行かんとむしって朝飯に食ってしまうぞ。」ゴーシュはどんと床をふみました。

するとかっこうはにわかにびっくりしたようにいきなり窓をめがけて飛び立ちました。そして硝子にはげしく頭をぶっつけてばたっと下へ落ちました。

「何だ、硝子へばかだなあ。」ゴーシュはあわてて立って窓をあけようとしましたが元来この窓はそんなにいつでもするする開く窓ではありませんでした。ゴーシュが窓のわくをしきりにがたがたしているうちにまたかっこうがばっとぶっつかって下へ落ちました。見ると嘴のつけねからすこし血が出ています。

「いまあけてやるから待っていろったら。」ゴーシュがやっと二寸ばかり窓をあけたとき、かっこうは起きあがって何が何でもこんどこそというようにじっと窓の向うの東のそらをみつめて、あらん限りの力をこめた風でぱっと飛びたちました。もちろんこんどは前よりひどく硝子につきあたってかっこうは下へ落ちたまましばらく身動きもしませんでした。つかまえてドアから飛ばしてやろうとゴーシュが手を出しましたらいきなりかっこうは眼をひらいて飛びのきました。そしてまたガラスへ飛びつきそうにするのです。ゴーシュは思わず足を上げて窓をばっとけりました。ガラスは二三枚物すごい音して砕け窓はわくのまま外へ落ちました。そのがらんとなった窓のあとをかっこうが矢のように外へ飛びだしました。そしてもうどこまでもどこまでもまっすぐに飛んで行ってとうとう見えなくなってしまいました。ゴーシュはしばらく呆れたように外を見ていましたが、そのまま倒れるように室のすみへころがって眠ってしまいました。

次の晩もゴーシュは夜中すぎまでセロを弾いてつかれて水を一杯のんでいますと、また扉をこつこつ叩くものがあります。

今夜は何が来てもゆうべのかっこうのようにははじめからおどかして追い払ってやろうと思ってコ

ップをもったまま待ち構えて居りますと、扉がすこしあいて一疋の狸の子がはいってきました。ゴーシュはそこでその扉をもう少し広くひらいて置いてどんと足をふんで、

「こら、狸、おまえは狸汁ということを知っているかっ。」とどなりました。すると狸の子はぼんやりした顔をしてきちんと床へ座ったままどうもわからないというように首をまげて考えていましたが、しばらくたって

「狸汁ってぼく知らない。」と云いました。ゴーシュはその顔を見て思わず吹き出そうとしましたが、まだ無理に恐い顔をして、

「では教えてやろう。狸汁というのはな。おまえのような狸をな、キャベジや塩とまぜてくたくたと煮ておれさまの食うようにしたものだ。」と云いました。するとする狸の子はまたふしぎそうに

「だってぼくのお父さんがね、ゴーシュさんはとてもいい人でこわくないから行って習えと云った

よ。」と云いました。そこでゴーシュもとうとう笑い出してしまいました。

「何を習えと云ったんだ。おれはいそがしいんじゃないか。それに睡いんだよ。」

狸の子は俄に勢がついたように一足前へ出ました。

「ぼくは小太鼓の係りでねえ。セロへ合わせてもらって来いと云われたんだ。」

「どこにも小太鼓がないじゃないか。」

「そら、これ」狸の子はせなかから棒きれを二本出しました。

「それでどうするんだ。」

「ではね、『愉快な馬車屋』を弾いてください。」

「なんだ愉快な馬車屋ってジャズか。」

「ああこの譜だよ。」狸の子はせなかからまた一枚の譜をとり出しました。ゴーシュは手にとってわらい出しました。

「ふう、変な曲だなあ。よし、さあ弾くぞ。おまえは小太鼓を叩くのか。」ゴーシュは狸の子がどうするのかと思ってちらちらそっちを見ながら弾きはじめました。

するとが狸の子は棒をもってセロの駒の下のところを拍子をとってぽんぽん叩きはじめました。それがなかなかうまいので弾いているうちにゴーシュはこれは面白いぞと思いました。

おしまいまでひいてしまうと狸の子はしばらく首をまげて考えました。

それからやっと考えついたというように云いました。

「ゴーシュさんはこの二番目の糸をひくときはきたいに遅れるねえ。なんだかぼくがつまずくようになるよ。」

ゴーシュははっとしました。たしかにその糸はどんなに手早く弾いてもすこしたってからでないと音が出ないような気がゆうべからしていたのでした。

「いや、そうかもしれない。このセロは悪いんだよ。」とゴーシュはかなしそうに云いました。すると狸は気の毒そうにしてまたしばらく考えていましたが

「どこが悪いんだろうなあ。ではもう一ぺん弾いてくれますか。」

「いいとも弾くよ。」ゴーシュははじめました。狸の子はさっきのようにとんとん叩きながら時々頭をまげてセロに耳をつけるようにしました。そし

ておしまいまで来たときは今夜もまた東がぼうと明るくなっていました。

「ああ夜が明けたぞ。どうもありがとう。」狸の子は大へんあわてて譜や棒きれをせなかへしょってゴムテープでぱちんととめておじぎを二つ三つすると急いで外へ出て行ってしまいました。

ゴーシュはぼんやりしてしばらくゆうべのこわれたガラスからはいってくる風を吸っていましたが、町へ出て行くまで睡って元気をとり戻そうと急いでねどこへもぐり込みました。

　次の晩もゴーシュは夜通しセロを弾いて明方近く思わずつかれて楽譜をもったままうとうとしていますとまた誰か扉をこつこつと叩くものがあります。それもまるで聞えるか聞えないかの位でしたが毎晩のことなのでゴーシュはすぐ聞きつけて「おはいり。」と云いました。すると戸のすきまからはいって来たのは一ぴきの野ねずみでした。そして大へんちいさなこどもをつれてちょろちょろとゴーシュの前へ歩いてきました。そのまた野ねずみのこどもときたらまるでけしごむのくらいしかないのでゴーシュはおもわずわらいました。すると野ねずみは何をわらわれたろうというようにきょろきょろしながらゴーシュの前に来て、青い栗の実を一つぶ前においてちゃんとおじぎをして云いました。

「先生、この児があんばいがわるくて死にそうでございますが先生お慈悲になおしてやってくださいまし。」

「おれが医者などやれるもんか。」ゴーシュはすこしむっとして云いました。すると野ねずみのお母さんは下を向いてしばらくだまっていましたがまた思い切ったように云いました。

「先生、それはうそでございます、先生は毎日あんなに上手にみんなの病気をなおしておいでになるではありませんか。」

「何のことだかわからんね。」

「だって先生先生のおかげで、兎さんのおばあさんもなおりましたし狸さんのお父さんもなおりましたしあんな意地悪のみみずくまでなおしていただいたのにこの子ばかりお助けをいただけないとはあんまり情ないことでございます。」

「おいおい、それは何かの間ちがいだよ。おれはみみずくの病気なんどなおしてやったことはないからな。もっとも狸の子はゆうべ来て楽隊のまねをして行ったがね。ははん。」ゴーシュは呆れてその子ねずみを見おろしてわらいました。

するとと野鼠のお母さんは泣きだしてしまいました。

「ああこの児はどうせ病気になるならもっと早くなればよかった。さっきまであれ位ごうごうと鳴らしておいでになったのに、病気になるといっしょにぴたっと音がとまってもうあとはいくらおねがいしても鳴らしてくださらないなんて。何てふしあわせな子どもだろう。」

ゴーシュはびっくりして叫びました。

「何だと、ぼくがセロを弾けばみみずくや兎の病気がなおると。どういうわけだ。それは。」

野ねずみは眼を片手でこすりこすり云いました。

「はい、ここらのものは病気になるとみんな先生のおうちの床下にはいって療（なお）すのでございます。」

「すると療るのか。」

「はい。からだ中とても血のまわりがよくなって大へんいい気持ちですぐ療る方もあればうちへ帰ってから療る方もあります。」

「ああそうか。おれのセロの音がごうごうひびくと、それがあんまの代りになっておまえたちの病気がなおるというのか。よし。わかったよ。やってやろう。」ゴーシュはちょっととギウギウと糸を合せてそれからいきなりのねずみのこどもをつまんでセロの孔(あな)から中へ入れてしまいました。

「わたしもいっしょについて行きます。どこの病院でもそうですから。」おっかさんの野ねずみはきちがいのようになってセロに飛びつきました。

「おまえさんもはいるかね。」セロ弾きはおっかさんの野ねずみをセロの孔からくぐしてやろうとしましたが顔が半分しかはいりませんでした。

野ねずみはばたばたしながら中のこどもに叫びました。

「おまえそこはいいかい。落ちるときいつも教えるように足をそろえてうまく落ちたかい。」

「いい。うまく落ちた。」こどものねずみはまるで蚊のような小さな声でセロの底で返事しました。

「大丈夫さ。だから泣き声出すなというんだ。」ゴーシュはおっかさんのねずみを下におろしてそれから弓をとって何とかラプソディとかいうものをごうごうがあがあ弾きました。するとおっかさんのねずみはいかにも心配そうにその音の工合をきいていましたがとうとうこらえ切れなくなったふうで

「もう沢山です。どうか出してやってください。」

と云いました。

「なあんだ、これでいいのか。」ゴーシュはセロをまげて孔のところに手をあてて待っていましたら間もなくこどものねずみが出てきました。ゴーシュは、だまってそれをおろしてやりました。見るとすっかり目をつぶってぶるぶるぶるぶるふるえていました。

「どうだったの。いいかい。気分は。」

　こどものねずみはすこしもへんじもしないでまだしばらく眼をつぶったままぶるぶるぶるぶるふるえていましたがにわかに起きあがって走りだした。
「ああよくなったんだ。ありがとうございます。ありがとうございます。」おっかさんのねずみもいっしょに走っていましたが、まもなくゴーシュの前に来てしきりにおじぎをしながら
「ありがとうございますありがとうございます」

と十ばかり云いました。
ゴーシュは何がなかあいそうになって
「おい、おまえたちはパンはたべるのか。」とききました。
すると野鼠はびっくりしたようにきょろきょろあたりを見まわしてから
「いえ、もうおパンというものは小麦の粉をこねたりむしたりしてこしらえたものでふくふく膨らんでいておいしいものなそうでございますが、そうでなくても私どもはおうちの戸棚へなど参ったこともございませんし、ましてこれ位お世話になりながらどうしてそれを運びになんど参れましょう。」と云いました。

「いや、そのことではないんだ。ただたべるのかときいたんだ。ではたべるんだな。ちょっと待てよ。その腹の悪いこどもへやるからな。」

ゴーシュはセロを床へ置いて戸棚からパンを一つまみむしって野ねずみの前へ置きました。

野ねずみはもうまるでばかのようになって泣いたり笑ったりおじぎをしたりしてから大じそうにそれをくわえてこどもをさきに立てて外へ出て行きました。

「あああ。鼠と話するのもなかなかつかれるぞ。」ゴーシュはねどこへどっかり倒れてすぐぐうぐうねむってしまいました。

それから六日目の晩でした。金星音楽団の人たちは町の公会堂のホールの裏にある控室へみんなぱっと顔をほてらしてめいめい楽器をもって、ぞろぞろホールの舞台から引きあげて来ました。首尾よく第六交響曲を仕上げたのです。ホールでは拍手の音がまだ嵐のように鳴って居ります。楽長はポケットへ手をつっ込んで拍手なんかどうでもいいというようにのそのそみんなの間を歩きまわっていましたが、じつはどうして嬉しさでいっぱいなのでした。みんなはたばこをくわえてマッチをすったり楽器をケースへ入れたりしました。

　ホールはまだぱちぱち手が鳴っています。それどころではなくいよいよそれが高くなって何だかこわいような手がつけられないような音になりました。大きな白いリボンを胸につけた司会者がはいって来ました。

「アンコールをやっていますが、何かみじかいものでもきかせてやってくださいませんか。」

　すると楽長がきっとなって答えました。「いけませんな。こういう大物のあとへ何を出したってこっちの気の済むようには行くもんでないんです。」

「では楽長さん出て一寸挨拶してください。」

「だめだ。おい、ゴーシュ君、何か出て弾いてやってくれ。」

「わたしがですか。」ゴーシュは呆気（あっけ）にとられました。

「君だ、君だ。」ヴァイオリンの一番の人がいきなり顔をあげて云いました。

「さあ出て行きたまえ。」楽長が云いました。みんなもセロをむりにゴーシュに持たせて扉をあけるといきなり舞台へゴーシュを押し出してしまいました。ゴーシュがその孔のあいたセロをもってじつに困ってしまって舞台へ出るとみんなはそら見ろというようにーそうひどく手を叩きました。わあと叫んだものもあるようでした。

「どこまでひとをばかにするんだ。よし見ていろ。印度の虎狩をひいてやるから。」ゴーシュはすっかり落ちついて舞台のまん中へ出ました。

それからあの猫の来たときのようにまるで怒った象のような勢で虎狩りを弾きました。ところが聴衆はしいんとなって一生けん命聞いています。ゴーシュはどんどん弾きました。猫が切ながってぱちぱち火花を出したところも過ぎました。扉へからだを何べんもぶっつけた所も過ぎました。

曲が終るとゴーシュはもうみんなの方などは見もせずちょうどその猫のようにすばやくセロをもって楽屋へ遁（に）げ込みました。すると楽屋では楽長はじめ仲間がみんな火事にでもあったあとのように眼をじっとしてひっそりとすわり込んでいます。ゴーシュはやぶれかぶれだと思ってみんなの間をさっさとあるいて行って向うの長椅子へどっかりとからだをおろして足を組んですわりました。

するとみんなが一ぺんに顔をこっちへ向けてゴーシュを見ましたがやはりまじめでべつにわらっているようでもありませんでした。

「こんやは変な晩だなあ。」

ゴーシュは思いました。ところが楽長は立って云いました。

「ゴーシュ君、よかったぞお。あんな曲だけれどもここではみんなかなり本気になって聞いてたぞ。一週間か十日の間にずいぶん仕上げたなあ。十日前とくらべたらまるで赤ん坊と兵隊だ。やろうと思えばいつでもやれたんじゃないか、君。」

仲間もみんな立って来て「よかったぜ」とゴーシ

ュに云いました。

「いや、からだが丈夫だからこんなこともできるよ。普通の人なら死んでしまうからな。」楽長が向うで云っていました。

その晩遅くゴーシュは自分のうちへ帰って来ました。

そしてまた水をがぶがぶ呑みました。それから窓をあけていつかかっこうの飛んで行ったと思った遠くのそらをながめながら

「ああかっこう。あのときはすまなかったなあ。おれは怒ったんじゃなかったんだ。」と云いました。

底本と表記について

本書は、青空文庫の「注文の多い料理店」「よだかの星」「どんぐりと山猫」「貝の火」「セロ弾きのゴーシュ」を底本とした。表記については、現代仮名遣いを基調としている。ルビについては、小型活字を避けるという、本書の性格上、できるだけ省略し、必要に応じて、（）に入れる形で表示した。

シルバー文庫発刊の辞

21世紀になって、科学はさらに発展を遂げた。日本も、多くのノーベル賞受賞者を輩出していることに見られるように、20世紀来、この発展に大きく寄与してきた。科学の継承発展のために、理系教育に重点が置かれつつある趨勢も、この状況に因るものである。

一方で、文学は停滞しているように思われる。

日本のノーベル文学賞受賞者は、川端康成と大江健三郎の二人の小説家のみであり、詩歌人にいたっては皆無である。しかし、短く設定しても千五百年に及ぶ、日本の文学の歴史は豊饒であり、明治文学だけでも、夏目漱石・森鷗外・与謝野晶子・石川啄木と、個性と普遍性を兼ね備えた、作家・詩歌人は枚挙にいとまがない。

ぺんで舎は、科学と同じように、文学もまた継承発展すべきものと考える。先に挙げた文学者たちの作品をはじめ、今後も読まれるべき文学、あるいはこれから読まれるべき文学を、新しい形で、世に送っていく。その第一弾として、大活字・軽量で親しみやすく、かつ上質な文学シリーズである、シルバー文庫をここに発刊する。

もし現代文学が、停滞どころか巷間囁かれているように衰退しているなら、ぺんで舎が志向するのは、「文学の復権」に他ならない。

ぺんで舎　佐々木龍

ぺんで舎
Silver
シルバー文庫

シルバー文庫　み1-1
大活字本　注文の多い料理店

2021年3月25日　初版第1刷発行

著　者　宮澤 賢治
発行者　佐々木 龍
発行所　ぺんで舎
〒750-0043 山口県下関市東神田町4-1-202
TEL/FAX 083-249-5559
印　刷　株式会社吉村印刷
装　幀　Shiealdion
落丁・乱丁本は小社宛へお送りください。送料は小社負担にてお取替え致します。

価格はカバーに表示してあります。
Printed in Japan
ISBN978-4-9911711-3-0　C0193